KB202866

이명우 詩 創作論

-개정 제2판-

이명우 詩 創作論

2010년 6월 15일   초판 1쇄 인쇄 발행
2025년 3월 31일   개정 제2판 1쇄 인쇄 발행

지 은 이 ㅣ 이명우
펴 낸 이 ㅣ 박종래
펴 낸 곳 ㅣ 도서출판 명성서림

등록번호 ㅣ 301-2014-013
주   소 ㅣ 04625 서울시 중구 필동로 6 (2, 3층)
대표전화 ㅣ 02)2277-2800
팩   스 ㅣ 02)2277-8945
이 메 일 ㅣ msprint8944@naver.com

값 12,000원
ISBN 979-11-94200-80-2

책머리에

• 일러두기 •

모든 시인들이 시를 쓸 때 자기만의 시 쓰는 방식이 있다. 마찬가지로 나도 나만의 방식이 있기에 여기에서는 나만의 길을 제시해 가면서 나만의 시세계를 펼쳐 보기로 한다.

때문에 딴 시인들의 시나 창작론은 전혀 인용하지 않은 순수한 나만의 시와 논리를 인용한 시 이론의 작품이라는 점을 참고하여 읽어주기 바란다.

"나는"

처음에는 시는 아무렇게나 끄적끄적 하면 되는 글인 줄로 알았다.

한 행이어야 하는데도 토막토막 잘라 2행 또는 3행으로 만들고 반대로 그냥 죽 연달아 써 놓기도 했고 넋두리나 푸념도 나열만 해 놓으면 시라고 생각했었다. 그래서 화장실에 가서도 시 한편을 썼었고 시장에 가서도 운동장에서도 낙서 하듯이 쉽게 시를 썼었다.

그러니까 자연히 화장실에서 쓴 시는 화장실 냄새가 났고, 시장에서 쓴 시는 돈 냄새가 났고, 운동장에서 쓴 시는 이겨야만 하는 승부욕 냄새가 나게 되는 것을 느꼈을 때, 이게 아니야 하는 고뇌가 시작 되었다. 그 해답이 곧 첫째로

7

"몸가짐(시 쓰는 자세)의 문제였다."

크면서 보아온 서낭당에 제를 지낼 때도 제주(제사를 주관하는 사람)는 험한 일을 보지 않아야 하고 불순음식(비뚤거나 공짜음식)은 먹지 않고 금욕(부인과 별거) 생활을 하면서 마음의 수양을 쌓는 절차가 있으며, 음악하는 사람들도 깊은 산에 들어가 목에 피가 올라오는 연습 후에 득음의 경지를 터득하는 수순을 밟아야 하듯이 시에서도 이와 같은 수양의 절차가 있는데, 흔히들 이 절차를 밟지 않고 그냥 연필과 종이만 있으면 시를 쓴다고 가볍게 생각하는 이들이 의외로 너무 많은 것 같다.

그래서 나는 다음과 같은 몸가짐 후에 연필과 종이를 든다. 인간의 때를 말끔히 씻어버린 그곳, 곧 인간이 만들어 낸 문명이나, 지식, 돈, 사랑, 명예 이런것들을 초월한 그 위의 장소에 들어갔을 때 시를 쓰기 시작한다.

다시 말해 의식주가 무엇인지 모르고, 글자가 무엇인지 모르고, 돈도 모르고, 죄도 모르고, 벌도 모르는 그 세계에 들어갔을 때 시의 바구니를 들고 시를 찾아 나선다.

"그러면 그곳은 어디쯤일까"

인간 본래의 순수한 토양 즉 아기의 세계라고 하면 가장 적절한 표현일 듯하다. 아기의 눈으로 세상을 바라보는 천진난만한 순수의 세계.

가령,

태양을 보았을 때 태양이란 언어를 모르는 아기의 눈에는 자연히 태양이 토마토로 보일 수도 있고, 홍시로 보일 수도 있고, 공이나 풍선으로도 보일 수 있을 것이다.

"졸졸졸 흐르는 물을 보았을 때도"

물은 노래를 부르는 것으로 들을 수 있고, 시 한편을 낭송하는 음악으로 들을 수 있고, 저희들끼리 속삭임으로도 들을 수 있는데 이런 토양에 와서 시 쓰기로 들어가는 것이 나의 시작법 기본자세이다.

자칫 천진난만한 아기의 세계로 들어가라는 말을 잘못 이해하여 유치하고 저능한 바보가 되라는 뜻으로 생각할 수 있는데, 그것이 아니고 인간사를 뛰어넘는 수양을 말한다.

즉 한 가지 대상(자료)을 정해놓고 시 작업에 들어간 그 순간에는 딴 생각이 끼어들 수 없는 순수천하 그곳이 나의 시작법 기본자세이다.

바로,

외우는 것은 아는게 아니고 익히는 것이 아는 것이다.

단기 4358(2025) 초봄

이명우

| 차례 |

제 I 부
시 쓰기의 기본

제 II 부
시 창작 기법

제 III 부
시의 완성과 미래시

제 I 부

시 쓰기의 기본

1. 시인의 심성은 천진난만한 어린이의 동심으로 가꾸어 가야 한다

좋은 시를 쓸 수 있는 시인의 기본 마음은 어디에 두어야 하는가?

이 문제에 대한 해답은 수없이 많다.

" 책을 많이 보아야 한다고도 하고"

"여행을 많이 해야 한다고도 하고"

"억수로 시를 많이 써야 한다고도 하는"

등의 시 이론들이 그렇다.

" 책을 많이 보아야 한다는 경우"

산더미만큼이나 쌓여 있는 책을 본다는 것은 불가능하고

" 여행을 많이 해야 한다는 것 역시"

평생을 돌아 다녀도 부족하기에 불가능한 것이 되고

"억수로 시를 많이 써야 한다는 것 역시"

방향이나 흐름을 모를 경우 헛고생이 되기 쉬울 것 같다.

이중에서,

필자의 경우는 시인의 기본마음을 인간의 때가 묻지 않은 천진난만한 어린이의 동심으로 돌아가는 것을 가장 중요시 하고 있다. 그럴 경우,

유치하고, 철없고, 사려깊지 못한 철부지가 되라는 뜻으로 잘못 이해할 수 있는데, 그 질문처럼 배우지도 말고, 노력하지도 말고, 견문을 넓히지도 말라는 것이 아닌 초월의 하얀 세계를 말한다.

인간의 때가 묻지 않은 하얀 동심의 세계는, 글을 모르고, 말을 모르고, 행복을 모르고, 불행을 모르고, 죄를 모르고, 벌을 모르는, 순수의 세계이다.

즉,

지식에 끌려가거나 삶의 때가 덕지덕지 묻은 잠재의식에 좌우되지 말고 무인도에서 혼자 살아온 사람이 세상을 바라본 풍경 같은 그 토양, 지구를 처음 찾아온 외계인의 눈에 잡힌 세상풍경 같은 토양, 이런 세계가 곧 천진난만한 아기의 눈동자에 비친 순수의 세계이며 필자가 시를 쓸 때 갖추는 첫 몸가짐이다.

이럴 때에
바람에 나뭇가지가 꺾어지면
저 나무의 아픔이 보이고 울음소리가 들리고
바람한테 나쁜 짓을 하지 말아달라는 부탁도 하게 된다.

이렇게 자연의 심성과 소통하기 가장 좋은 시기가 곧 동심의 심성이었다는 것을 느낀 것이 필자의 견해이다.

그래서 시를 쓸 때 필자는 가장 먼저 동심의 대문을 열고 들어서는 것을 첫 순서로 여긴다.

"그러면 예문으로 동심 가꾸기 연습을 해보자."

예문1. 팔이 부러진 인형을 보았을 때
(아기의 감성)

- 인형아 아프지 병원가자
- 아파도 울지 마. 내가 고쳐줄게
- 니네 엄마 어디 있어
- 내가 약 사올게
- 너는 팔이 부러졌는데도 웃고 있어

예문2. 다람쥐를 보았을 때
(아기의 감성)

- 다람쥐야 이 과자 같이 먹자
- 너는 어디가 고향이니
- 우리집 가서 같이 놀자
- 너가 좋아하는 노래는
- 지금 소풍가는 중이냐

예문3. 초롱꽃을 보았을 때
　　(아기의 감성)

　　　– 엄마 젖꼭지 같은 꽃

　　　– 쪼르르 종을 매달고 있는 꽃

　　　– 복주머니를 매달고 있는 꽃

　　　– 이슬을 받아먹는 물컵들

　　　– 풍경소리가 날아와 초롱꽃으로 피어있다

예문4. 태양을 보았을 때
　　(아기의 감성)

　　　– 하늘에 열린 토마토

　　　– 먼나라 어린이가 날려 보낸 풍선

　　　– 달 아가씨를 찾아가는 태양 총각

　　　– 바다 끝에서 차올린 축구공

　　　– 하늘에 던져놓은 홍시 하나

예문5. 지렁이를 보았을 때
　　(아기의 감성)

　　　– 지렁아 누구를 만나러 가는 거니

　　　– 구불구불 몸으로 글씨공부

　　　– 굼틀굼틀 추는 춤

- 너의 이름은 무엇이니
- 처음 보는 하늘 구경

　이와 같이 아기의 천진난만한 감성을 예로 들어 나타내본 것으로 아기가 보는 세상 즉 인간의 때가 묻지 않은 순수의 세계를 보는 안목 연습을 해보았는데, 하얀 동심의 세계로 들어갈 수 있는 연습이 몇 줄 글로 될 수는 없다고 보며 다만 그쯤이 된다는 것으로서 다시 복습으로 들어가 보면

예문6. 눈송이를 보았을 때
　　(아기의 감성)

- 하늘에서 날아오는 꽃잎
- 하얀 나비들
- 하늘에서 보내는 편지
- 지상으로 보내는 하늘 양식
- 하늘 아기들의 꿈

예문7. 구름을 보았을 때
　　(아기의 감성)

- 하늘을 닦아주는 손수건
- 허공을 떠도는 나그네

- 하늘이 사용하는 종이
- 하늘 돗자리
- 하늘바다 구름고래

예문8. 빗방울을 보았을 때
(아기의 감성)

- 하늘이 우는 눈물
- 빗방울아 너는 어디서 살다가 오는 거니
- 날개도 없이 날아오는 물방울
- 부딪쳐 깨어져도 울지 않는 아이들
- 서로 손잡고 한몸되는 물방울

예문9. 선풍기를 보았을 때
(아기의 감성)

- 바람을 톱질해 내동이쳐요
- 점심도 안 먹고 일만 하는 선풍기
- 저렇게 돌아가도 어지럽다 안해요
- 선풍기는 바람만 먹고 사는 아이
- 남을 시원하게 도와주는 아이

예문10. 밤하늘 별을 보았을 때
(아기의 감성)

- 하늘 아이들 눈동자
- 하늘풀밭에 뛰어노는 토끼
- 하늘에서 피우는 담뱃불
- 하늘 풀밭에 핀 제비꽃
- 마음껏 뛰어오는 아이들의 꿈

이상의 예문은 배움이 많은 지성인의 감성을 뛰어 넘어 인생에, 희·로·애·락(喜怒哀樂)의 잠재의식을 벗어던진, 그 위의 하얀 순수의 세계인 곧 아기의 감성을 되찾는 것이 시인의 기본자세라고 필자는 생각하고 있다.

2. 시와 사진 구분하기

어떤 대상이 작자의 가슴속에 들어갔다가 다시 그 모습 그대로 내 놓았을 때는 사진이 되고, 그 대상이 작자의 가슴속에서 녹아 내려 제2 제3의 다른 모습이 되어 나왔을 때는 시가 된다.

그런데 시와 사진을 구분하지 못하고 사진을 찍어 놓고는 시라고 생각하는 이가 너무 많은 것 같다.

다시 말해 사진을 찍어 놓고는 자신이 사진사인데 시인인 줄로 착각하고 있는 경우이다.

그래서 자신이 스스로의 글을 점검해 보았을 때 나는 사진사였구나 또는 시인이였구나 하고 판단할 수 있는 안목을 갖출 필요가 있다.

예를 들면

아버지가 웃는다. 는 사진이지만

바위가 웃는다. 는 시가 되고

아기가 젖을 먹는다. 는 사진이지만

귀신이 젖을 먹는다. 는 시가 되고

천을 오려 옷을 만든다. 는 사진이지만

구름을 오려 옷을 만든다. 는 시가 된다

이와 같이 사진을 녹여서 시로 만드는 연습을 해보기로 하자.

예문1. 산행을 갈 때

(사진을 녹여서)	→	(시로 만들기)
나는 산속으로 걸어간다	→	산이 내품으로 걸어들어온다
졸졸 흐르는 물소리	→	청춘가를 부르는 개울물
상큼한 풀냄새	→	파란 풀냄새
시원한 공기	→	꿀맛나는 공기
후련해라	→	간이 녹아 내린다

예문2. 꽃을 보았을 때

(사진을 녹여)	→	(시로 만들기)
저꽃 너무 예뻐	→	저꽃은 우리아기 얼굴
무슨 말을 할 것 같애	→	오셨어요 인사하는 꽃
이 아름다운 향기	→	내 마음을 녹이는 향기
한들거리는 꽃	→	꿈을 꾸고 있는 꽃
보드래 한 꽃잎	→	아기의 살결 같은 꽃잎

예문3. 한 접시 송편을 보고

(사진을 녹여)	→	(시로 만들기)
잘 만들었네	→	하얀 반달 떡
예쁜 떡	→	딸아이 눈동자 같은 떡
참기름을 바른 떡	→	마음을 바른 떡
참말로 맛있다	→	분홍색 맛이 나는 떡
말랑말랑한 떡	→	엄마의 젖가슴 같은 떡

예문4. 물고기를 보았을 때

(사진을 녹여)	→	(시로 만들기)
펄떡펄떡 뛴다	→	뱃살빼기 운동을 한다
고기입이 크다	→	산봉우리를 삼킬만한 입
물결을 갈라치는 지느러미	→	지느러미로 물풍금을 친다
민첩한 몸짓	→	자진모리 가락으로 돌아가는 몸짓
서로 부딪친다	→	신호등을 무시한 보행사고

예문5. 첫눈 내리는 날

(사진을 녹여)	→	(시로 만들기)
깨끗한 눈송이	→	아기의 마음 같은 눈송이
너무너무 하얀 눈	→	이빨같이 하얀 눈
눈을 맞으며 걷는 길	→	추억속으로 가는 길
눈이 오면 즐거워	→	눈 위에서 피는 마음꽃
내가 만든 눈사람	→	꿈을 꾸고 있는 눈사람

　　이상의 예문으로 사진사와 ‒ 시인의 차이점을 이해할 수 있을 것으로 생각 하지만 아직도 어떤 사물이 자신의 가슴속에 들어와 그 모습 그대로 내놓고도 시라고 생각하는 이들이 있을 수 있을 것 같아서 다시 복습으로 예문을 제시해 보도록 한다.

예문6. 구름을 보았을 때

(사진을)	→	(시로 만들기)
뭉개구름	→	포도송이로 익어가는 구름
흰구름	→	하얀 옷을 입고 가는 구름
조개구름	→	손에 손잡고 가는 유치원구름
새털구름	→	털옷을 입은 구름
검은 구름	→	상복을 입은 구름

예문7. 책을 보았을 때

(사진을)	→	(시로 만들기)
두꺼운 책	→	뚱뚱한 책
얇은 책	→	깡마른 책
그림책	→	색깔들이 모여 사는 책
국어책	→	우리말이 모여 사는 세계
영어책	→	꼬부랑말이 모여 사는 세계

예문8. 바위를 보았을 때

(사진을)	→	(시로 만들기)
검은 바위	→	검은 옷을 입은 바위
흰 바위	→	흰 옷을 입은 바위
짐승 바위	→	하늘 짐승이 놀러와 바위가 되었네
둑 바위	→	냇물을 가로막은 바위
거북바위	→	바다로 가다가 바위가 된 거북이

예문9. 촛불을 보았을 때

(사진을)	→	(시로 만들기)
반짝이는 촛불	→	눈을 깜빡이는 촛불
혼자 있는 촛불	→	혼자만의 세상
작은 촛불	→	유치원 또래의 촛불
외로운 촛불	→	아무도 찾아오지 않는 촛불
촛농이 떨어지는 촛불	→	눈물이 뚝뚝 떨어지는 촛불

예문10. 시장엘 갔을 때

(사진을)	→	(시로 만들기)
분주한 거리	→	삶의 교차로
복잡한 거리	→	콩나물시루 같은 사람들
떠드는 소리들	→	삶의 음악
외침 소리	→	삶의 호소
엿장수 웃음	→	엿장수 얼굴에 핀 삶의 꽃

필자는 지금 쏟아져 나오는 많은 책들 중에 사진과 시를 구분하지 못하고 쓴 시들이 더 많음을 볼 때 시를 너무 가볍게 보는 풍토가 아닌가 하는 아쉬움을 느낀다. 흔히들 한 권의 책을 보아도 시 한두 편 건지기 어렵다는 말과 같은 뜻이 아닐까 싶다.

그 첫 단계가 시와 사진 구분부터 해야 한다고 말하고 싶다.

3. 관념어는 왜 시어로서 부적합한가?

관념어란?

관념어의 역할은 의미를 나타내는 데 있고 추상적인 뜻을 전달하는 데 있으므로 사실적이지 못하여 선명한 현실과 보일 듯한 그림을 그릴 수 있는 언어가 못되기 때문에 시어로서는 자연히 부적절 하다는 결론이 나온다.

가령,

음식으로 비유한다면 밀가루는 관념어 쪽이 되고 빵이나 국수로 제품화한 것은 시어 쪽이 된다.

그래서 시어와 관념어를 구분하는 것이 가장 기초적인 훈련이라고 할 수 있다.

그러면 연습으로 들어가 보자

예문1.

(관념어)		(시어)
		밥
		떡
쌀	→	한과
		누룽지
		비빔밥

예문2.

(관념어)		(시어)
		빵
		부침
밀가루	→	국수
		수제비
		과자

예문3.

(관념어)		(시어)
		엿
		국
호박	→	떡
		죽
		밥

예문4.

(관념어)		(시어)
		밥
		국
쑥	→	떡
		술
		국수

이상은 음식을 비교하여 관념어의 역할과 시어의 역할을 제시해 보았는데 다음은 색깔을 비교하여 관념어 쪽과 시어 쪽을 공부해 보기로 한다.

예문5.

(관념어)		(시어)
		파랑새
		파란하늘
파란	→	파란들
		파란새싹
		파란눈동자

예문6.

(관념어)		(시어)
		개나리
		병아리
노란	→	감귤
		오렌지
		민들레 꽃

예문7.		
(관념어)		(시어)
		장미
		입술
빨간	→	태양
		앵두
		빨간구두

예문8.		
(관념어)		(시어)
		찔레꽃
		백도라지
하얀	→	첫눈
		이빨
		백합

이와 같이 관념은 재료 쪽이어서 위에서 말한 사진에 해당 되는 것이라고 할 수 있고 다시, 그 관념을 분해해서 작업을 했을 때 작가가 되는 시가 된다.

이상으로 관념어는 왜 시어로 분류되지 못하는가를 이해하였으리라고 생각 한다.

이제까지는 관념어를 시어로 만드는 언어 공부를 했는데 다음은 관념어로 쓴 시를 현대시로 고치는 연습을 해보기로 한다.

예문1. 관념시

"그대를
억수로
사랑해"

(관념시)		(현대시)
		순이를
		철수를
그대를	→	오빠를
		어머니를
		아버지를

(관념시)		(현대시)
		밤낮으로
		자나깨나
억수로	→	꿈에서도
		하늘만큼
		세상 끝까지

(관념시)		(현대시)
		업어 준다
		먹여 준다
사랑해	→	안아 준다
		마음을 준다
		기도 한다

　이와 같이 관념시를 현대시로 바꾸었을 때 그것이 곧 의미를 분해한 그 다음 단계가 되며 여기에 오면 시를 쓰다가 글이 나오질 않아 답답함을 느끼는 그 부분이 상당히 해소됨을 느끼게 되는데 이 지점에서부터는 시가 재미있는 즐거움의 대상이 된다. 이 역시 중요한 공부로 생각되기에 복습으로 들어가 본다.

예문2. 관념시

"슬픈
일꾼의
하소연"

(관념시)	(현대시)
	부모 잃은
	팔 부러진
슬픈 →	혼자뿐인
	자식이 죽은
	떠도는

(관념시)	(현대시)
	개잡부
	노동자
일꾼의 →	넝마
	일용직
	지게꾼

(관념시)	(현대시)
	구름아 너도 울어
	억장이 무너지네
하소연 →	다시 태어났으면
	한숨으로 지새우는 잠
	누구를 원망해

예문3. 관념시

"아픈
환자의
외침"

(관념시)	(현대시)
	짤린 손가락
	찢어진 손등
아픈 →	썩어가는 발
	부러진 발목
	갈라터진 입술

(관념시)	(현대시)
	나의
	아들의
환자의 →	형님
	남편의
	아우의

(관념시)	(현대시)
	이걸 우째
	복 없는 놈
외침 →	무슨 죄길래
	망할 세상
	기다려 보자

예문4. 관념시

"그리운
세월 속에
보고 싶은 얼굴

(관념시)	(현대시)
	아슴히 보이는
	희미한 옛날
그리운 →	마음에 새겨둔
	가슴에 살고 있는
	지울 수 없는 얼굴

(관념시)	(현대시)
	일곱 살 적
	어느날엔가
세월 속에 →	신작로 나기 전
	소꿉친구야
	오늘까지도

(관념시)	(현대시)
	바람만 불어도 너 생각
	다시 한번 보았으면
보고 싶은 얼굴 →	꿈에서만 보는 얼굴
	불러보는 그 이름
	언제 다시 만나랴

예문5. 관념시

"한 맺힌
원수의
보복"

(관념시)	(현대시)
	부드득 가는 이빨
	주먹이 운다
한 맺힌 →	거꾸로 도는 피
	뜯어 먹고 싶은
	죽어서도 못 감는 눈

(관념시)	(현대시)
	아버지를 죽인
	불을 지른 너
원수의 →	무덤을 파헤친
	아내를 죽인 너
	사기꾼

(관념시)	(현대시)
	칼을 간다
	그날이 올 것이다
보복 →	너를 죽일 그 날
	소리 없는 총을 만든다
	전멸을 시키겠다

이젠 관념을 파괴하여 시를 만드는 요령을 터득했을 것으로 본다.

관념시는 막연한 뜻만 있을 뿐이고 그 뜻을 해체(분

해)하고 그 속으로 들어갔을 땐 선명한 현실이 보인다.

여기가 아직 껍질을 못 벗는 굼벵이의 개념이 되는데 여기에서 껍질을 깨고 나오면 갖가지 매미가 탄생하는데 이 수순을 거칠 때 작가가 된다.

예문6. 관념시

"아까워라
　당신의
　그 옛날 모습..."

(관념시)	(현대시)
	잃어버린 반지
	남이 된 첫사랑
아까워라 →	놓친 고기
	잃어버린 돈
	복권 당첨된 꿈

(관념시)	(현대시)
	아버지의
	어머니의
당신의 →	순이의
	형님의
	언니의

(관념시)	(현대시)
	달덩이 같은 얼굴
	함박꽃 얼굴
그 옛날 모습 →	천사였는데
	왕자였는데
	공주였는데

예문7. 관념시

"반응 없는
표정의
무관심"

(관념시)	(현대시)
	보고도 못 본듯
	벌에 쏘였어도 웃는
반응 없는 →	집이 타는데도 웃는 아이
	총 맞은 장승처럼
	변함없는 바위

(관념시)	(현대시)
	찡그린 눈길
	어두운 얼굴
표정의 →	촐랑대는 걸음
	미소짓는 얼굴
	환한 얼굴

(관념시)	(현대시)
	모른체 시체를 밟고 가는
	물에 빠진 아이 구경만
무관심 →	보고도 못본체
	듣고도 못 들은체
	살려달라 애원도 외면하는

예문8. 관념시

"애절한

기도는

허상으로 끝나고…"

(관념시)	(현대시)	(관념시)	(현대시)
	천만번 빌고 빌며		염주를 돌리고 있다
	울부짖는 목소리		두손 모아
애절한 →	한 맺힌 애원	기도는 →	새벽 찬송
	빌고 빌고 또 빌며		신령님께 큰절
	옷깃을 부여잡는		서낭님께 드리는 치성

(관념시)	(현대시)
	헛발질
	효력 없는 기도
허상으로 끝나고 →	날아간 꿈
	속아 온 세월
	무너진 10년탑

예문9. 관념시

"갈증으로
샘을 찾다가
목말라 죽었다"

(관념시)	(현대시)	(관념시)	(현대시)
갈증으로 →	사막속에서 타들어가는 입술 타들어가는 혀 목이 타는 연기 혀가 말라 갈라진다	샘을 찾다가 →	땅을 파도 물이 없고 가도 가도 사막길 물을 찾는 소리만 태양만 뜨거울 뿐 지쳐서 쓰러진다

(관념시)	(현대시)
목말라 죽었다 →	깔딱이는 숨소리 뚝 떨어지는 고개 죽은 입엔 먼지만 가득 까맣게 타버린 입술 아주 감아버린 눈

예문10. 관념시

"아득히
먼먼
고향"

(관념시)	(현대시)	(관념시)	(현대시)
아득히 →	오래전 까만 옛날에 아련히 어리는 희미한 먼 곳 보일듯한 먼 곳	먼먼 →	산 넘고 강 건너 가도 가도 끝없는 저 산 너머 그 너머 가물가물 이어진 길 저저 하늘 아래

(관념시)	(현대시)
고향 →	내가 처음 세상을 만난 곳 조상의 피가 흐르는 곳 내 어린 뼈가 자란 곳 소꿉 놀던 산골 부모님 잠든 산골

이렇게 관념어로 쓴 시는 사실적이지 못하기에 구체적인 그림이 떠오르지 않는 그냥 의미 전달에서 마무리 되는데 그 관념을 분해하여 구체적이고 사실적인 세계로 들어섰을 때 눈에 아련히 그림이 보이고 선명한 시가 될 수 있는 여기가 오늘의 시세계이므로 관념어 구분을 확실히 해둘 필요가 있다.

제 II 부

시 창작 기법

4. 언어의 나노 기술(언어의 의미분해)

언어의 나노기술이란 언어 쪼개기 즉 언어의 의미분해 작업이다. 어떤 언어가 있을 때 그 언어와 같은 뜻을 가진 언어로 분리하는 작업인데 이런 연습을 하면 시를 쓸 때 훨씬 더 풍부한 자료를 얻을 수 있다. 그러면 언어의 나노(분해) 기술은 어떤 것일까?

어떤 언어가 있을 때 그 언어를 10개 정도로 쪼개 보기로 하자.

예문1. 행복

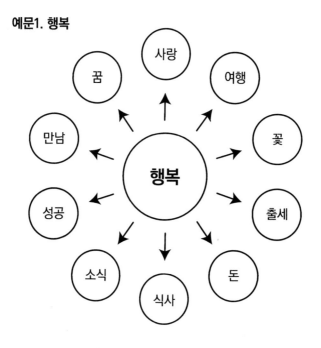

이와 같이 행복이란 언어를 깨뜨려 10개의 언어로 분해해 보았는데 이 10개 언어를 다시 뭉쳐 놓으면 행복이란 언어로 되돌아오게 된다.

예문2. 여행

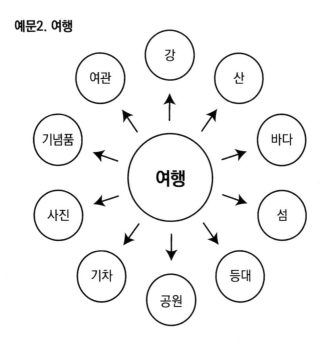

예문3. 꽃

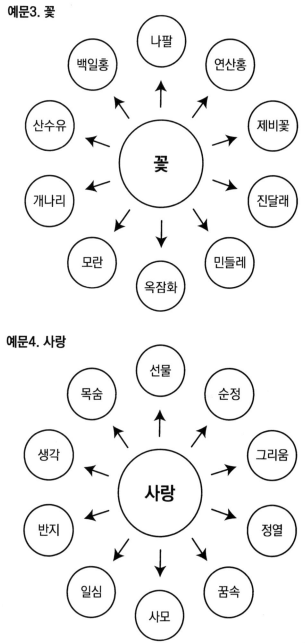

예문4. 사랑

예문5. 식사

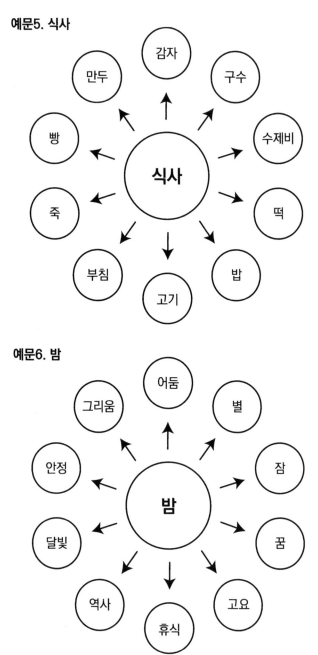

예문6. 밤

예문7. 잠

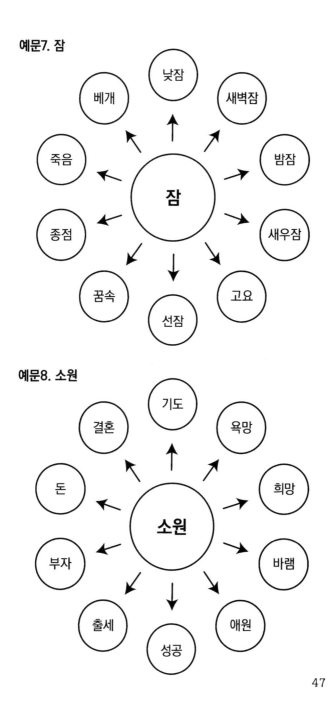

예문8. 소원

예문9. 희망

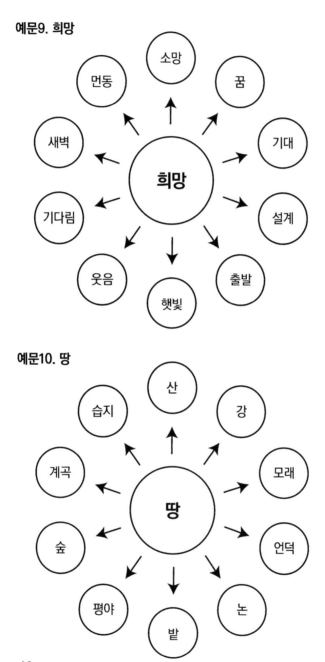

소망
먼동
꿈
새벽
기대
희망
설계
기다림
웃음
출발
햇빛

예문10. 땅

산
습지
강
계곡
모래
땅
언덕
숲
평야
논
밭

이렇게 어떤 언어가 필요할 때 그 언어 하나 가지고
는 빈약하거나 안목에 차지 않고 미달될 경우가 있는데
이런 때에 그 언어를 쪼개(나노기술) 들어가면 그 언어
가 소유한 무궁무진한 세계가 보인다.

이와 같이 위의 예문 10개는 언어 하나로 10개씩 쪼
갠 것인데 여기까지를 제1차 나노기술이라 하고 여기에
서 다시 그 언어를 또 쪼개는 제2차 나노기술로 들어가
면 언어 하나가 10개로 갈라진 거기에서 제각각 또 10
개씩 쪼갠다면 100개의 언어가 나타난다.

즉 과정으로 표시해 보면

이와 같이 원관념 언어1개를 1차분해한 언어10개쯤
으로 언어사용에 충분하다고 보이지만 이 시대가 지나
가면 그것(10개) 가지고는 언어 고갈이 올듯하여 재 분
해를 연습이 아닌 본보기로 몇 개만 들어보기로 하고
그 다음은 독자에게 맡기기로 한다.

위의 예문1. 행복

①원관념 언어 1개 → 행복

위의 1차분해(나노기술) 해 놓은 것을 다시

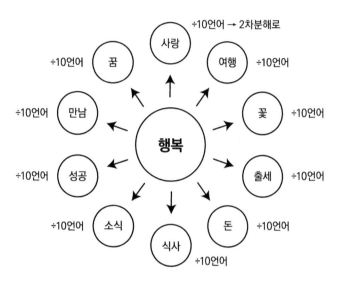

→ 2차 언어분해(나노기술)

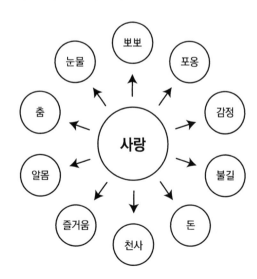

위의 예문2. 여행

①원관념 언어 1개 → 여행

위의 1차분해(나노기술) 해 놓은 것을 다시

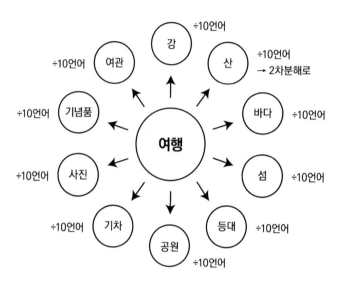

→ 2차 언어분해(나노기술)

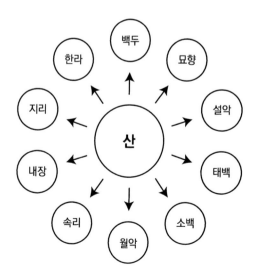

이렇게

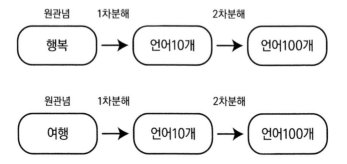

이렇게 언어의 나노기술 수순을 정리해 보았다.

5. 문장 분해

위에서는 언어만 가지고 나노기술을 연습해 본 것이라면 이제는 같은 원리로 좀 더 호흡이 긴 문장을 가지고 문장분해로 들어가 보자.

예문1. "고요한"

이 언어가 들어가는 문장을 분해해 보면

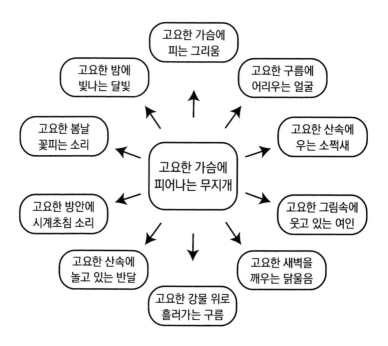

예문2. "아버지"

이 언어가 들어가는 문장을 분해해 보면

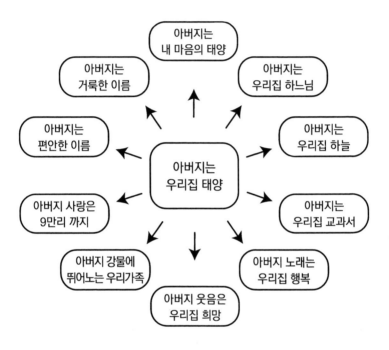

예문3. "어머니"

어머니 → 이 이미지가 들어간 문장으로 문장분해를
해보면

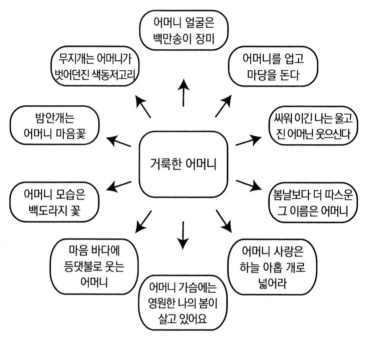

위의 예문 ①과 ②는

같은 언어가 들어간 문장으로 분해한 문장분해이고

위의 예문 ③은

같은 이미지가 들어간 문장으로 분해한 이미지 분해

인데 다음 예문 ④와 ⑤로 복습해 보자.

예문4. "산골풍경"

산골풍경 → 이 이미지가 들어간 문장으로 이미지문
장 분해를 해보면

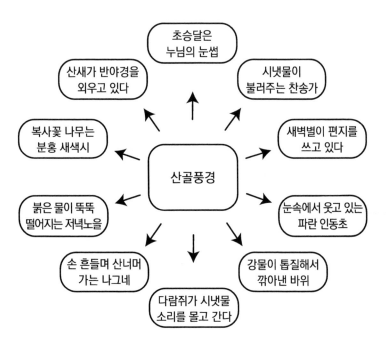

예문5. "술 한잔에 추억 한잔"

술 한잔에 추억 한잔 → 이 이미지가 들어간 문장으로 이미지문장 분해를 해보면

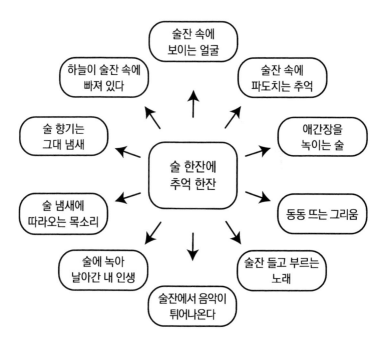

위와 같이 언어 나노기술은 같은 뜻을 가진 언어를 쪼개 같은 언어를 찾아내는 기술이고, 문장 나노기술은 그 문장을 쪼개 같은 이미지의 문장을 찾아내는 기술로서 그 요령을 응용하면 훨씬 더 상상력이 풍요로워지면서 시의 영역이 더 넓어질 것이다.

6. 사물과 대화하기

이상에서 언어의 나노기술과 문장의 나노기술을 터득하는 연습을 했다면 이제부터는 모든 사물과 감정을 소통하는 대화법으로 들어가 보기로 하는데, 여기에서 꼭 사물과의 이야기만이 아닌 그 사물의 사상과 의식과 문화와 생활까지도 공감하는 또 다른 사물의 세계를 열고 들어가 그 사물과 공감을 교감하는(주고 받는 느낌) 훈련이다. 그러면 사물과의 대화를 해 보는 연습으로 들어가 보자.

예문1.

방안에서 대화 →	연필은 나의 대변인
	수만 개의 혀를 가지고 있는 책
	옷걸이는 다리가 아파도 불평 없이 서 있다
	쓰레기만 먹고 사는 휴지통
	바람을 칼질하는 선풍기

예문2.

밥상에서
대화 → 밥 알갱이가 항변 한다. 사람 위해 태어난 것
이 아니라고

고향으로 보내 달라고 호소하는 배추

피와 살이 되어 주겠다는 국그릇

죽어서도 눈 못 감아 튀어나온 생선의 눈

나를 노려보는 접시 위의 과일

예문3.

시냇물과
대화 → 낙엽을 업고 가는 냇물

시낭송을 하고 있는 냇물

나를 보며 사람 짐승이 왔구나 한다

바위를 안고 연애하는 냇물

바다 엄마를 찾아간다는 냇물

예문4.

산과 대화 → 다람쥐에 물린 도토리의 살려 달라는 비명

아침이슬 마을 앞에 바람 금지 구역이란 팻말

바람과 뽀뽀를 하는 도라지 꽃

언덕 위의 돌배나무가 역사 강의를 한다

햇살을 빨아 먹고 있는 바위

예문5.

하늘과의 대화	→	별 아이 하나가 과자를 사러 가고 있다 일식 날엔 태양도 위장 수술을 받는다 북극성 과수원에서 일하는 하늘 노인 저녁노을은 하늘 나그네가 버린 손수건 하늘도 속이 타서 천둥소리로 신경질이다

예문6.

풀밭과의 대화	→	고개만 까딱이며 산들바람과 인사하는 풀 저마다 이슬 목걸이를 걸고 있는 물 민속춤을 추는 풀 바람을 안고 춤추는 풀 가는 구름 보며 이별의 손을 흔든다

예문7.

돌과의 대화	→	짓밟혀도 운명이라며 화내지 않는 돌 비가 와도 젖은 채로 웃고 있는 돌 나를 보며 설교하고 있는 돌 하느님과 이야기 하고 있는 돌 날아가는 생각을 수집하고 있는 돌

예문8.

가로등과 대화	→	새벽인데도 옆집 아가씨 아직 안 왔다 하네 심심해서 파리모기 불러 모아 논다 하네 먼동이 트면 눈이 나빠져 흐려진다네 남을 위해 사는 삶이 행복하다네 남모르는 비밀이 산더미처럼 있다네

예문9.

지평선과 대화	→	이곳은 하늘가는 환승역 이곳에 태양이 자고 가는 침실이 있어요 지평선을 밟고 밤과 낮이 널뛰기를 해요 지평선 베개를 베고 하늘이 누워 있어요 바람은 지평선에서 태어나지요

예문10.

촛불과의 대화	→	눈물을 흘리는 것이 아니고 웃음을 흘리는 거래요 죽는 순간까지 춤을 추는 거래요 남을 위해 자신의 몸을 태운데요 세상에 보내는 조용한 미소 꿈을 접어 날리는 몸짓

모든 사물과 대화를 했을 때 우주와의 친구가 될 수 있는 드넓은 시 세계로 들어 설 수 있다. 즉 우주의 느낌을 터득하는 그 단계로써 선비들의 용어로는 물미(의미)가 터졌다는 말로 한문 구조의 이치를 깨닫는 세계에 들어 왔다는 뜻으로 즉 달월(月) 자가 들어 있는 글자는 모든 사람의 신체구조가 함유된 것으로 알고 들어가면 되고 물수(氵)자가 들어 간 글자는 그 역시 물에 관련된 뜻으로 알고 들어가면 된다는 그 단계와 같은 것이 아닐까 싶다. 종교의 이치로 보았을 땐 사바세계(娑婆世界)를 넘어가는 고행의 수순을 밟은 후에 진리의 세계로 들어가는 해탈(解脫) 즉 열반(涅槃)의 경지쯤이 되지 않을까 하는 것처럼 나와 우주와의 하나가 되는 그 곳이 지금 필자가 가고 있는 현재의 시세계가 된다.

그러면

지금의 내가 우주와 대화(소통)하는 모습이 어떤 것일까? 작품으로 확인해 보기로 하자.

예문1. (봄의 행동을 보고)

> 문패를 보고 찾아온 봄이
> 마을에 살고 있던 겨울을 몰아내고
> 숫처녀 입술로 아지랑이를 뿜으며
> 열여섯 체온으로 땅을 뎁힌다
>
> — 산골풍경 27 중에서 —

예문2. (도라지꽃의 순정을 보고)

터질듯한 입술 가으로 / 그리움이 흐르고 / 겉눈을 감고 / 속눈을 뜬 / 시리도록 하얀 / 백도라지 꽃이 / 느릅나무 뒤에 서서 / 누군가를 기다리고 섰다

- 산골풍경 61 중에서 -

예문3. (보름달의 표정을 보고)

구름 사이로 가만히 / 얼굴을 내밀고 /
보조개를 만지며 / 웃고 있는 보름달

- 산골풍경 79 중에서 -

예문4. (이슬 아이들 노는 모습을 보고)

아홉 살 또래의 / 이슬 아이들이 / 원추리 잎가에 / 매달려서 논다 / 바람도 모르고 / 햇빛도 모르는 / 천만년을 살듯한 / 초롱한 저 눈망울들

- 산골풍경 98 중에서 -

예문5. (살구꽃 행동을 보고)

봄 햇살로 아삭아삭 / 점심을 먹더니 / 나비를 불러들여 / 젖을 물리는 살구꽃

-산골풍경 103 중에서 -

예문6. (야한 구름을 보고)

꽃구름 여인이 / 햇빛을 찍어 발라 / 화장을 하고 / 자
진모리 가락으로 / 허리를 틀며 / 가슴도 풀어 헤치고 /
배꼽도 들어 내 보이며 / 내 몸매 어때요

- 산골풍경 116 중에서 -

예문7. (연필의 충성심을 보고)

쓰레기 통속에 버려진 / 몽당연필이 / 나를 보며 웃습
니다 / 덕지덕지 묻은 / 내 손때를 / 훈장처럼 두르고 /
절대 순종으로 / 나를 섬기다가 / 나에게 버림 받고도 /
나를 보고 웃어주는 / 일편단심의 몽당연필

- 산골풍경 146 중에서 -

예문8. (산새의 이야기를 듣고)

산새가 날아 와 / 그러는데 / 인생은 불고 가는 / 바람
이 아니라 / 꿈꾸는 열일곱살로 / 움트는 봄이래요.

- 산골풍경 187 전문 -

예문9. (나비의 설교를 듣고)

사뿐사뿐 날아온 나비가 / 등을 들이대며 타라고 한다
/ 그것봐 사람들아 / 오만하지 말라.

- 산골풍경 191 중에서 -

예문10. (사춘기의 반반달을 보고)

> 초엿새 반반달이 / 감나무 뒤에 서서 / 초경을 치르다가 / 스스로 놀라 / 한동안 / 구름 뒤로 숨더니 / 핼쑥한 얼굴로 / 언 듯 나와 살피고는 / 그래도 부끄러운지 산 너머로 아주 숨는다.
>
> – 산골풍경 194전문 –

　이상으로 위에서 제시한 작품들은 우주와의 소통을 육체 즉 몸으로 교감한 세계이다.

　육체로 우주와 어울려 거니는 그 경계선인 그 단계를 넘어가면 또 무슨 세계가 있을까?

　마음의 세계가 있다.

　우주의 느낌을 몸으로 받아들인 것과 우주의 느낌을 마음으로 받아들인 것의 차이.

　그러면 마음의 세계를 유영해 보는 연습을 해 보자.

예문1. (상상의 눈으로 보기)

철학 (마음의 눈) →	철학이 바람나고부터 가해자가 상을 피해자가 벌을 받는다.
	뒤틀린 세상 거꾸로 보아야 똑바로 본다.
	사기꾼이 잘 살고부터 철학이 죽었다.
	여자가 위로 올라가고부터 하늘이 땅 밑으로 가라앉는다.
	윤리의 셋방에서 초라하게 연명해 온 철학

예문2. (상상의 눈으로 보기)

과학
(마음의 눈) →
과학 때문에 죽어가는 지구

폭탄 한 덩이에 지구가 벌벌 떤다

불보다 뜨거운 물을 임신한 과학

주인을 잡아먹는 로봇

흙을 먹고 날아가는 비행기

예문3. (상상의 눈으로 보기)

신(神)
(마음의 눈) →
사람을 잘 못 만들었다고 후회하고 있다

아홉 번째 우주를 만드는 중이라고

하늘 무대에 올려놓은 태양 주인공

저녁노을은 구름에 수를 놓은 귀신의 작품

귀신들의 백일장 그믐 밤하늘

예문4. (상상의 눈으로 보기)

하늘구경
(마음의 눈) →
봄을 싣고 와 지상에 뿌리고 있는 하늘 나비

하늘 안방에서 그믐달이 구름을 낳고 있다

할아버지가 가꾸고 있는 동쪽 별 밭

별들의 하늘 음악회

길 잃은 별 하나가 운다

예문5. (상상의 눈으로 보기)

마음평야 (마음의 눈) →	주소 잃은 눈동자 하나가 태양으로 떠 있다 내 마음의 8번지에 피어있는 구름 꽃 마음의 골짜기로 흐르는 그리움의 강물 마음 바다에 핀 연꽃섬 세월의 끄트머리를 어루만지는 망부석

예문6. (상상의 눈으로 보기)

꿈 여행 (마음의 눈) →	이 고개 넘어 초록 색깔이 사는 마을 토끼가 뜯어 먹는 구름 이파리 감 홍시로 열려있는 할아버지 노래 이승의 징검다리 끝에 보이는 저승마을 내 마음이 나 몰래 새벽달 동네로 마실을 갔네.

예문7. (상상의 눈으로 보기)

미래 (마음의 눈) →	천년 후에 내 해골이 저산 능선에 나뒹굴고 있다. 강변 모래가 일제히 콩나물처럼 싹이 튼다. 고무줄 대롱으로 달나라에 수출하는 바닷물 공기를 구워서 빵을 만드는 공장 마음의 비행기를 타고 날아다니는 인간들

예문8. (상상의 눈으로 보기)

샛별여인
(마음의 눈) → 눈이 셋 달린 여자가 있다.

꿈을 구워 파는 식당 여인

푸~ 입김으로 구름을 만드는 여인

떠도는 귀신을 잡아 요리하는 여인

무지개를 오려 별을 만드는 여인

예문9. (상상의 눈으로 보기)

북극성공장
(마음의 눈) → 별들의 부속품을 만드는 곳

봄, 여름, 가을, 겨울은 여기에서 찍어낸다

종교 공장은 부도를 맞았다

여기에서 만들어내는 공기공장

계절 따라 만들어 내는 바람 공장

예문10. (상상의 눈으로 보기)

십자성바다
(마음의 눈) → 빨간불보다 더 멀리 보이는 까만불 등대

파란향기로 출렁이는 하늘바다

그 바다 속에 살고 있는 귀신 고기들

수영을 하고 있는 하느님 부부

용이 산란하는 12월 바다

이상으로 상상의 눈으로 볼 수 있는 범위와 육체의 눈으로 볼 수 있는 범위를 예문으로 제시해 보았다.

　그런데 예문 역시 필자의 개인 시야로 본 범위여서 부족함이 많더라도 감안하여 이해해 주었으면 한다.

7. 연상법

연상법이란 같은 방향 같은 색깔의 언어 연결 방법이다. 그렇다면 언어 연결이란 어떤 경우를 두고 하는 말인가. 가령 동. 서. 남. 북. 이란 이 4가지 언어를 두고 보았을 때 우선 동쪽이란 의미의 언어를 분해한 뒤 그 분해된 언어를 다 찾아 모은 후에 그 중에서 가장 적절한 언어를 골라내 작품에 사용하는 방법을 연상법이라 한다.

그러면 "동쪽"이란 언어를 분해하여 연상법으로 들어가 보면

예문1. 동쪽 연상법 (동쪽으로 생각 모으기)

1. 시작을 알리는 아침 나팔
2. 하루의 출발선
3. 새벽바다 파도는 기상나팔소리
4. 솟는 해를 반기는 갈매기의 찬가
5. 어둠을 가르며 떠나가는 고깃배
6. 동해바다 엄마가 태양 아기를 낳는다
7. 독도에서 열리는 아침의 대문
8. 동산 위로 걸어오는 아침의 발자국 소리
9. 새 아침이 찾아오는 곳
10. 새 하늘이 열리는 곳

이와 같이 동쪽이란 언어가 품고 있는 분야를 연상법으로 찾아내 보았다.

곧 위에서 제시한 언어의 의미 분해에서 다시 → 문장 분해로 문장 분해에서 다시 → 연상법으로 이어진 수순이 되는데 요약해 보면

(1) 언어의 나노 기술 (의미 분해) → 한 단어를 쪼개 들어 간 것

(2) 문장 분해 → 한 구절(句節)을 쪼개 들어 간 것

(3) 연상법 → 같은 방향을 쪼개 들어 간 것

이런 수순의 연습이 익숙해지면 다음에 언급하겠지마는 언어를 마음대로 다룰 수 있게 되고 또 내가 가고 싶은 대로 언어가 따라 오는 경지에 이르면 곧 언어로 요술을 부릴 수 있는 무대가 펼쳐지는데 여기쯤이 시인의 토양이라고 필자는 생각하고 있다.

바꾸어 말해서

언어를 다룰 줄 모를 때는 언어가 사람을 다루기 때문에 마음이 굴뚝 같아도 언어가 뛰어 나올 것 같은데도 도무지 언어가 나타나지 않아 그냥 속만 답답할 뿐 글이 안 나온다.

곧 술을 먹을 줄 아는 사람은 술맛을 헤아리면서 음미하기 때문에 마음대로 술을 즐겨 먹기에 사람이 술을 먹지만 술을 먹을 줄 모르는 사람은 술맛도 모르면서 무작정 마시기 때문에 마음이 술의 지배를 받게 된

다. 이럴 경우 똑바로 가고 싶은 마음은 굴뚝 같아도 휘청거려진다.

그것은 곧 전자는 사람이 술을 먹는 것이고 후자는 술이 사람을 먹는 것이기에 결과는 서로 틀리게 나타난다.

같은 맥락으로 보면

시인은 적소에 모여 있는 언어를 골라 먹으면서 즐기는 사람이기에 사방 천지에 널부러져 있는 언어를 마음대로 사용하지만 일반인은 무작정 언어와 부딪치려 하기에 언어들의 저항 앞에 속수무책이 되어 꼼짝 못하는 현상이 나타난다. 그리고 연상법의 결과를 보면 그 사람 개개인의 잠재의식과 인생관이 독특하게 나타나는데 바로 이점이 모두 틀리기 때문에 같은 소재를 놓고 시를 쓰더라도 서로 다른 작품이 나온다.

예문으로 확인해 보면

예문2. 새 우는 소리를 듣고(시를 쓴 잠재의식 작용 모습)

1) 새가 반야경을 외운다	→ 불교인
2) 새가 입으로 풍금을 친다	→ 음악인
3) 새가 마음을 비웠다 한다	→ 철학인
4) 새가 부모 생각으로 운다	→ 효자
5) 새가 죽은 자식을 부르고 있다	→ 어머니
6) 새가 찬송가를 부르고 있다	→ 교회인
7) 새가 당파 싸움을 해명한다	→ 정치인

8) 새가 구구법을 외운다　　　→ 학생
9) 새가 상대성 원리를 강의한다　→ 과학자
10) 새가 지형 설명을 하고 있다　→ 가이드

　이와 같이 한 제목을 놓고 쓴 글에도 서로 다른 그 사람의 잠재의식이 나타나는데 그것은 곧 사람의 삶의 인생관이 서로 다른 꿈을 바라보며 살아가는 잠재의식의 작용이므로 자신보다 자신의 세계를 남이 더 잘 알게 된다. 그래서 시는 자신의 자화상과 같을 수 있다.
　때문에 "새 우는 소리"
　이 한 제목의 시를 보고서도 사상과 생활과 인생관이 제 각각으로 나타났고 그 사람의 윤곽이 어렴풋이 보인다. 이 점은 참고로 해 둔 것이고 이제 다시 연상법 연습으로 들어가 보자.

예문 3. 누나의 눈썹달(눈썹 쪽으로 생각 모으기)
　　1) 누나의 눈썹
　　2) 아기의 왼쪽 눈
　　3) 엄마의 손톱
　　4) 하늘 아기
　　5) 날아가는 꽃잎
　　6) 하늘 나그네
　　7) 하늘 애벌레
　　8) 토끼가 날려 보낸 꿈

9) 앵두 담는 접시

10) 하늘 바다 물고기

예문 4. 종교 연상법(종교 쪽으로 생각 모으기)

1) 겨레의 수호신은 단군 할아버지

2) 화엄경 한 소절이 반달로 떠 웃는다.

3) 부모 효도는 공자의 가슴에 핀 꽃

4) 찬송가 한 구절이 햇살로 따뜻해진다

5) 무속인의 작두춤은 살아있는 하늘의 신비

6) 할아버지는 우리집의 하느님

7) 송아지를 기도하는 엄마소의 울음소리

8) 밤 세워 우는 개구리는 철야기도였다

9) 부동자세로 소원 비는 허수아비

10) 야삼경에 일어나 소원 비는 어머니

예문5. 음악 연상법(음악 쪽으로 생각 모으기)

1) 개울물이 돌을 퉁기며 득음 연습을 하고 있다

2) 바람은 갈대 잎을 빌려 서걱이는 노래를 부른다

3) 신곡을 발표하고 있는 여치

4) 별빛에 묻어오는 하늘의 노래

5) 천둥은 하느님의 애창곡

6) 자진모리 리듬으로 청개구리가 운다

7) 철석이는 파도가 쏴아 한음절을 더 높인다

8) 나팔꽃이 부르는 무성노래

9) 겨울바람이 부르는 휘파람 노래

10) 저승노래를 부르는 해골

예문6. 철학 연상법(철학 쪽으로 생각 모으기)

1) 입을 다물고 무언으로 설교하는 저 바위

2) 열심히 살았기에 속까지 하얀 연탄재

3) 몸으로 삶을 가르쳐 주는 바위

4) 자살을 하여 자신의 몸으로 자식의 밥이 되는 연어

5) 한 점 부끄럼 없이 할 일을 다 해 내는 허수아비

6) 한강 철교위에 개미 한 마리 그 무게만큼 철교가 휘었다

7) 이 몸 핏줄 따라 거꾸로 올라 온 5천년 내 몸은 단군 이었다

8) 인생의 가을인대도 나는 고개가 숙여지지 않는다

9) 웃음은 해 뜨는 날 만큼 울음은 비오는 날 만큼이 인 생이다

10) 인연의 얼래엔 뱀도 한 가족

예문7. 효도 연상법(효도쪽으로 생각 모으기)

1) 이 몸에 불을 질러 어머니 차가운 방에 군불로 타고 있다

2) 잠드신 어머님 얼굴에 떨어지는 내 눈물

3) 첫 홍시를 따 들고 어머님 산소로 달려간다

4) 이젠 제가 어머님을 업고 마실갑니다

5) 어제 밤에도 어머님은 날 위해 치성 드리더군요

6) 고기를 얹어 드리지 못하는 이 가을의 흉년

7) 아기 적 내 똥 냄새를 향기라던 어머님

8) 효도여행을 못 보내드려 혼자 우는 남자

9) 아버님이 돌아가신 뒤에야 아버님의 똥 냄새가 향기
   롭습니다

10) 산소엘 오면 따뜻한 바람으로 품어 주시는 아버님

예문8. 사랑 연상법(사랑 쪽으로 생각 모으기)

1) 엄마는 밥숟갈 위에 마음을 얹어 아기에게 준다

2) 엄마는 아기를 눈동자에 넣어 키운다

3) 스님의 품에 부처인양 안긴 고양이

4) 교회당 종소리를 타고 오는 목사님 안부

5) 구름 젖꼭지에 흐르는 단비를 받아먹고 사는 우리 마을

6) 칼든 강도에도 웃음을 보내는 아기

7) 어제 밤에도 그대 꿈을 꾸었어요

8) 꿈을 접어 보내 온 그대 편지

9) 내 살 점 오려 그대 입에 넣어 줄게

10) 남은 내 목숨 몽땅 당신께 주고 싶어

이상의 예문으로 어떤 소재가 있을 때 그 소재와 연
관되는 제2의 대상을 찾아 나서는 일이 '연상법이다'라
고 이해하였으리라 본다.

거기에서 찾아낸 여러 가지 자료 중에서 가장 궁합
이 맞는 문장을 골라 사용하는 기술이 곧 '연상법이구

나'하고 생각하면 된다.

그러면 필자가 사용해 온 연상법으로 조각해 낸 작품은 어떤 모습일까.

역시 예문으로 제시해 보면

예문1. 산골풍경 4에서

(1) 시작 동기 → 어느 날 찢어진 신문 컬럼에 "거꾸로 본 세상" 이란 구절이 보여 시를 쓰기로 생각하고

(2) 연상법 → 거꾸로 된 것 중에서 호수에 비친 거꾸로 서 있는 느티나무를 선택하여

(3) 1차 그림 → 저녁별이 뜨는 마을을 묘사

(4) 2차 완성 → 발표 작품

산으로 둥지를 틀고
새알처럼 모인 마을에
나비같은 밤이 덮힌다

하루를 불사른 저녁연기
고요를 딛으며 무대 뒤로 숨고
하나 둘 태어나는 별들이
소금쟁이처럼 떠 다니는 저수지엔
느티나무가 거꾸로 서서
마을을 이고 있다

−전문−

예문2. 산골풍경 23에서

(1) 시작 동기 → 학생 웅변대회에서 들은 "젊은이여 꿈을 가져라" 이 구절이 마음에 들어 시를 쓰기로 생각하고
(2) 연상법 → 모두가 꾸는 꿈 중에서 태양이 꾸는 꿈을 선택하여
(3) 1차 그림 → 복사꽃 핀 화사한 봄날을 묘사
(4) 2차 완성 → 발표 작품

> 복사 꽃 송이마다
> 햇살이 모여 앉아
> 꿈을 심고
> 움돋는 잎새마다
> 계절이 모여 앉아
> 무지개를 짜고 있다
>
> −전문−

예문3. 산골풍경 48에서

(1) 시작 동기 → 무도장에서 나비같이 춤을 추는 한쌍의 남녀를 보고 시를 쓰기로 생각하고
(2) 연상법 → 춤을 추는 모든 쌍쌍 중에서 입동 남자와 입하 여자를 선택하여
(3) 1차 그림 → 봄. 여름. 가을. 겨울 4계절을 묘사
(4) 2차 완성 → 발표 작품

* 입동에 부는 바람은
　　휘바람 소리를 내고
　* 입하에 부는 바람은
　　바이올린 소리를 낸다

　입동은 남자 되고
　입하는 여자 되어
　팔랑개비 춤을 추는
　산골바람

　그 사이 사이에
　태어나는
　뜨거운 바람은 여름이 되고
　차가운 바람은 겨울이 된다.
　　　　　　　　　　　－전문－

*입동: 11월 7일 전후의 계절
*입하: 5월 6일 전후의 계절

예문4. 산골풍경 121에서

(1) 시작 동기 → 전원주택을 구경하다가 초가집을 짓기로 하고
(2) 연상법 → 가장 좋은 집터를 찾아낸 것 중에서 눈동자를 선택하여
(3) 1차 그림 → 그 집 주인을 사랑하는 묘사
(4) 2차 그림 → 발표 작품

내 눈동자에 지어놓은
초가삼간 집 한 채를
전세 내어 살고 있는
여인이 있습니다.

추우면 그 여인은
노래하는 봄 햇살로 내리고
더우면 그 여인은
찬바람으로 춤을 춥니다.

이제 보니 나도
그 여인의 눈동자에
초가집을 지어놓고
낮이면 그 여인의 눈동자에서 놀고
밤이면 그 여인의 꿈 세계에서 삽니다.

-전문-

예문5. 산골풍경 171에서

(1) 시작 동기 → 어머니의 가슴을 보고 가슴에 대한 시를 쓰기
로 생각
(2) 연상법 → 모든 가슴을 보아온 그 중에서 산봉우리 가슴을
선택하여
(3) 1차 그림 → 산봉우리 젖을 먹는 나무를 묘사
(4) 2차 그림 → 발표 작품

찔레꽃 향기는 울 엄마 냄새
공덕산 봉우리는 울 엄마 가슴
가슴마다 흐르는 젖이 속속 깊이 흩어져
응달속 물풀도 키우고
바위 끝에 잔솔도 보듬는다.

찔레꽃 빛깔은 울 엄마 마음
공덕산 봉우리는 울 엄마 사랑

이와 같이 필자는 연상법을 이렇게 응용하고 있는데
독자들도 참고해 주기 바란다.

8. 감각 기관 활용

  흔히들 시를 쓸 때 눈에 보이는 대상만 가지고 시를
쓰려는 경향이 짙은데 온 몸으로 전해오는 감각을 모두
사용하는 연습에 익숙해야 하는 이점 역시 매우 중요
한 문제이기에 온몸 감각 기관 활용이란 어떤 것인가를
더듬어 보기로 하자.
  우리 몸에서
  두뇌로 상황을 전달하는 기관은 6개로 구분된다.
  (1)시각 (2)청각 (3)후각 (4)미각 (5)촉각 (6)영감 이
렇게 여러 기관을 다 활용해서 시를 썼을 때를 온 몸으
로 시를 쏠 줄 아는 시인이라고 할 수 있다.
  그러면 왜 굳이 시각(눈) 하나만으로 시를 쓰면 간단
할 텐데 골치 아프게 6가지나 들출 필요가 있겠냐고 할
수도 있는데 그것은 쌀밥 한 가지만 먹고 사는 것만 알
고 수백 가지 음식은 몰라서 못 먹고 사는 것과 같은
것이 된다.

  즉   빛깔은 ↔ 눈과 궁합이 맞고
        소리는 ↔ 귀와 〃〃
        냄새는 ↔ 코와 〃〃
        맛은   ↔ 혀와 〃〃

온도는 ↔ 살갗과 〃〃

느낌은 ↔ 영감과 궁합이 맞다

역시 예문을 제시해 보면

예문1. 제목 : 꽃

6감각	시
눈	샛별 같은 꽃
귀	호호 웃는 꽃
코	된장 냄새나는 꽃
입	추어탕 맛이 나는 꽃
촉감	아기의 살결로 따스운 꽃
영감	4천년 전 어느 여자의 얼굴

예문2. 제목 : 바위

6감각	시
눈	짐승으로 서 있다
귀	바위가 부르는 하늘 노래
코	바위의 희색 내음
입	핥아 본 바위는 맹물 맛
촉감	우직한 사나이의 살결
영감	어느 무명 시인의 시 한편

예문3. 제목 : 빨간

6감각	시
눈	천년에 한 번 피는 빨간 백합꽃
귀	빨갛게 들려오는 여우의 울음소리
코	빨갛게 날아오는 고추 냄새
입	빨간 맛
촉감	뜨거운 색깔
영감	저녁노을 한잔

예문4. 제목 : 비

6감각	시
눈	지상으로 추락하는 빗방울
귀	뚝뚝 소리쳐 내린다
코	향긋한 소나기 냄새
입	무덤덤한 맛
촉감	칙칙하다
영감	하늘의 눈물

예문5. 제목 : 달빛

6감각	시
눈	대낮같이 밝다
귀	사그락 사그락 걸어오는 달빛소리
코	그리움이 녹아있는 달빛 냄새
입	하얀 맛
촉감	차가운 달빛
영감	달빛을 오려 나비를 접는다

예문6. 제목 : 나무

6감각	시
눈	하늘을 찌를 듯 서있는 나무
귀	바람과 부딪쳐 풍금 소리를 낸다
코	파란 나무 냄새
입	나무 맛은 보약 맛
촉감	딱딱한 껍질
영감	옛날 나무가 걸어다니던 시절이 있었다

예문7. 제목 : 물

6감각	시
눈	청량한 물결
귀	졸졸졸 부르는 노래
코	물의 향기
입	물맛이 꿀보다 달다
촉감	시원하게 발을 담그고
영감	물은 산이 흘린 피

예문8. 제목 : 종이

6감각	시
눈	하얀 벌판
귀	글씨따라 바스락거린다
코	잉크 냄새가 나는 종이
입	하얀 종이 맛
촉감	보드라운 종이
영감	인류의 혼이 사는 곳

예문9. 제목 : 아기

6감각	시
눈	너의 웃음은 우리집 태양
귀	너의 웃음은 우리집 음악
코	너의 살 냄새는 하늘의 향기
입	깨물어 먹고 싶도록 귀여워라
촉감	너의 체온에 내 몸이 녹는다
영감	너는 하늘에 핀 꽃

예문10. 제목 : 술

6감각	시
눈	찰랑거리는 술잔
귀	쪼르륵 술잔 채우는 소리
코	아리한 술 냄새
입	톡 쏘는 술맛
촉감	따뜻하게 데운 술
영감	귀신의 힘

이렇게 어떤 언어라도 6감각을 다 활용할 수 있다는 것을 느꼈을 줄 안다. 그런데 위의 예문에는 억지로 갖다 붙여 어색한 부분도 많지만 그것은 필자의 언어조각이 부족한 탓이므로 감각기관의 범위가 이렇다는 것을 염두해 두고, 기술 한 점이라는 것을 이해하면서 읽어주었으면 한다.

9. 창조성(작가가 되는 길)

글을 써 놓고 읽어 보았을 때 그 글을 구성하고 있는 언어들이 이미 누군가 써 먹었거나 통상적인 언어로 구성되어 있을 때는 진부한 글이 되어 신선감이 없어져 식상하게 되는데 그것은 창조성이 없기 때문이다.

창조란

자신의 새로운 모습 즉 자신의 냄새와 정신과 빛깔이 담겨있는 글이어야 하는데 그렇다면 어떤 것이 자신의 냄새와 정신과 빛깔이 담긴 목소리가 될 수 있을까?

시의 소재(제목)가

6감각을 통해 내 몸속에 들어 왔을 때 그 소재를 어떻게 처리하여 밖으로 내 놓을 것인가.

여기에서 일반인과 작가의 갈림길이 결정된다.

즉 몸속으로 들어 온 소재를 그 모습 그대로 내 놓았을 땐 일반인이 되지만,

그 소재를 다시 자신의 생각의 용광로에 넣어 새로운 모습으로 만들어 냈을 때는 작가가 된다.

예를 들면

장난감 공장에 솜뭉치를 가지고 들어갔다가 솜뭉치를 그대로 들고 나오면 작품이 아니기에 작가가 아니지만 그 솜뭉치를 가지고 짐승이나 인형을 만들어 가지고

나왔을 때는 그것은 작품이기 때문에 작가가 되는데 그것이 곧 창조이다.

가령 아버지의 임종을 지켜본 자식에게 시를 쓰게 했을 경우

✔ 1. 아버지가 죽었어요

2. 저승으로 이사 가신 아버지

✔ 3. 아 아 눈물이 나요

4. 꼬여지는 창자위에 바늘이 꽂힙니다

이와 같이 ①과 ③은 이미 평소에 남들이 만들어 사용해 온 말을 그대로 사용한 것이고 ②와 ④는 자신이 만들어 낸 생각을 전해 주었기에 작품이 된다.

예문1. 신혼여행을 다녀왔을 때

✔ 1. 신혼여행 억수로 행복했어

2. 마주보는 눈동자에 불이 튕긴다

✔ 3. 미칠 것 같이 좋아라

4. 목숨보다 더 귀한 당신의 사랑

역시 ①과 ③은 작품이 아니고 ②와 ④는 작품이다.

예문2. 석양에 지는 해를 보았을 때

1. 구름 꽃밭속으로 태양나비가 숨는다

✔ 2. 찬란한 노을 속으로 해가 진다

3. 구름에다 자신의 피를 뿌려 꽃을 접고 있는 태양

✔ 4. 황홀한 저녁노을

이번에는 ②와 ④가 작품이 아니고 ①과 ③이 작품이다.

그런데 같은 저녁노을을 보고도 그 바라보는 느낌에 따라 서로 다르게 나타내는데 그것은 곧 잠재의식 작용 때문으로 즉 여자 아이는 저녁노을을 색동치마 쯤으로 묘사 할 것이고, 노인은 저녁노을을 인생의 황혼으로 묘사할 것이고, 소방관은 불이 난 구름으로 볼 것이기 때문에 같은 소재를 가지고도 서로 다른 작품이 나오게 되는 원리는 인생관이 틀리기 때문이다.

예문3. 화사하게 핀 복사꽃을 보았을 때

  ✔ 1. 복사꽃 웃음소리가 산골가득 넘친다

     2. 복사꽃이 눈부시다

  ✔ 3. 복사꽃 계집애들이 나비 남자를 부르고 있다

     4. 복사꽃은 만발했고 벌 나비는 날아든다

①과 ③은 작품이고 ②와 ④는 작품이 아니다.

예문4. 공동묘지에 나뒹구는 해골을 보았을 때

  ✔ 1. 빈 해골이 쑥대밭에 나뒹굴고 있다

  ✔ 2. 묘지에 청승맞게 비가 내린다

     3. 해골바가지엔 이승의 추억이 가득 담겨 있다

     4. 저승 체험을 강의하고 있는 해골

①과 ②는 작품이 아니고 ③과 ④는 작품이다.

이와 같이 얼른 보면 비슷한 분위기의 비슷한 글로 보일 수 있는데 자세히 들여다보면 창조가 있는 것과 없는 것의 엄청난 차이를 발견할 수 있는데 이런 경계선을 놓고 보았을 때 경계선 이쪽에 와있을 땐 평범한 일반인이고 저쪽에 가 있을 땐 작가가 된다. 그런데 창조의 경계선을 넘어가지 않고 일반인의 토양에 살면서도 시인의 토양에 살고 있는 것처럼 행동하는 사람들이 어쩌면 너무 많은지도 모른다.

다시 말해

수많은 시인들이 탄생하고 있지만 진정한 작가는 드물다는 말처럼 풍요 속에 빈곤의 현상이 지금의 우리나라 현실이 아닐까도 싶다. 왜냐하면 두툼한 책 한권을 읽고서도 시 한편 건지기가 힘들다는 말의 뜻이 바로 풍요속의 빈곤으로서 즉 시인은 많아도 작가는 적다는 이야기가 된다.

10. 기승전결(起承轉結) 원칙

　기승전결이란 시를 쓰는 순서를 말하는 것이므로 즉 시의 구조를 사람으로 생각했을 때 팔등신(八等身)의 사람이 신체의 균형이 잘 잡힌 미인의 기본 체격으로 보여지는 것처럼 시에도 머리부분과 몸통부분과 다리부분이 잘 어우러진 모습일 때 좋은 시로 보여지는 시의 균형의 원칙이 기승전결이다.

　기존의 시 이론에서 시 쓰기의 기본으로 통용되는 기승전결의 이론을 되짚어 보기로 한다.

　기(起) - 첫 머리
　승(承) - 그 뜻을 이어 받음
　전(轉) - 다시 한번 회도리 침
　결(結) - 전체를 거두어 맺는 말

　여기에서 얼른 보면 起·承·結만 있으면 시가 될 것 같아 보인다.

　즉 ① 첫머리 시작 → ② 그 뜻을 이어받음 → ③ 전체를 거두어 맺는 말

　이런 수순만 밟으면 한편의 시가 탄생하지 않을까? 그러나 가만히 보면

① 기(起)는 첫머리 자료 제공 역할이니까 이어 어떤 대상이 설정되어 있는 상태이고

② 승(承) 역시 그 뜻을 따르는 역할이니까 기의 반사 수준에 머물면 되므로 예측되는 부분이고

③ 결(結)은 위의 기(起)와 승(承)의 활동을 정리하는 역할이니까 이것이면 한 편의 시가 되는 것이 아니냐고 할 때 부정할 수 없는 말이기도 하다.

그런데 지극히 편안한 범위 안에서의 작품이 되므로 비슷비슷해 보이거나 고만고만한 이미지의 굴레 안에서 갇혀있게 되어 참 맛을 못 느끼게 된다.

왜 그럴까?

기승결(起承結)의 활동 범위는 이미 자료 제공(제목)의 대상 속에서 이루어지는 영토이므로 자연히 범위가 제한된 이미지를 가져오기 때문이다.

그런데 전(轉)의 역할은 회도리치는 개인의 묘기를 보여주는 무대이기에 비슷비슷해 보이거나 고만고만한 작품이 될 수 없다. 여기에서 어떤 재주로 어떤 요술을 보여 주는가에 따라 작품의 가치가 매겨지는 가장 중요한 부분이 바로 전(轉)이 된다.

설명은 이 정도로 하고 예문으로 확인 연습을 해 보자.

우선 기승결(起承結)로만 시를 써 보기로 하면

예문1. 제목 : 구름

기(起) – 구름은
승(承)– 산 너머로
전(轉) – *
결(結)– 가고 있다

　여기에서 전(轉)의 역할을 추가해 보면 어떤 시가 될까?

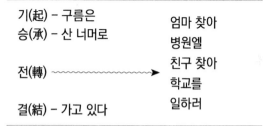

기(起) – 구름은	엄마 찾아
승(承) – 산 너머로	병원엘
	친구 찾아
전(轉)	학교를
결(結) – 가고 있다	일하러

　위와 같이 전(轉)에 와서는 회도리치는 감성이 서로 다르게 묘사 되므로 절대적으로 서로 틀리게 되는데 그것은 지식이 다르고 잠재의식이 다르고 감정이 다르고 인생관이 다르고 연령 등이 다르기 때문이다.

예문2. 제목 : 아기

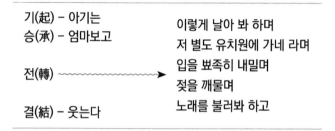

기(起) – 아기는	이렇게 날아 봐 하며
승(承) – 엄마보고	저 별도 유치원에 가네 라며
	입을 뾰족히 내밀며
전(轉)	젖을 깨물며
결(結) – 웃는다	노래를 불러봐 하고

예문3. 제목 : 봄비

기(起) - 봄비가　　　　　　콧노래를 부르며
승(承) - 가만가만　　　　　춤을 추며
　　　　　　　　　　　　　　대지를 적시며
전(轉) ～～～～～～→　　하늘 편지를 품고
　　　　　　　　　　　　　　겨울을 쫓으며
결(結) - 내린다

예문4. 제목 : 채송화

기(起) - 채송화가　　　　　햇빛을 찍어 바르며
승(承) - 담 밑에서　　　　　구름을 부르며
　　　　　　　　　　　　　　풍경 소리를 들으며
전(轉) ～～～～～～→　　연애편지를 안고
　　　　　　　　　　　　　　낮 꿈을 꾸며
결(結) - 피어있다

예문5. 제목 : 여인

기(起) - 여인은　　　　　　편지를 보며
승(承) - 강가에서　　　　　손가락을 깨물며
　　　　　　　　　　　　　　물수제비를 띄우며
전(轉) ～～～～～～→　　조약돌을 던지며
　　　　　　　　　　　　　　노래를 부르며
결(結) - 울고 있다

　이상의 예문으로는 온통 전(轉)에만 심혈을 기울인 것으로 보이는데 사실은 다 중요하지만 특히 전(轉)에 대한 역할은 이런 것이라고 강조하다 보니 무게가 더 실렸으며 이젠 기승전결 각자의 역할을 아셨으리라 생각한다.

11. 언어의 조각사

모든 언어는 시인의 손을 거치면 기막힌 작품으로 태어날 수 있다. 즉 밀가루는 요리사의 손을 거치면 어떤 음식으로든 다시 태어날 수 있고, 축구공은 국가 선수의 발등에서는 무슨 춤이든 출 수 있으며 쇠붙이는 대장장이의 손을 거치면 어떤 기구로도 다시 탄생할 수 있는 것처럼 시인도 어떤 언어든지 자유자재로 다룰 수 있어야 진짜 시인이라고 할 수 있을 것이다.

언어의 조각사

생각만 해도 매력이 넘치는 사람이다. 그러면 언어의 조각 기초 연습으로 어떤 언어를 만났을 때 자신의 마음대로 그 언어를 조각하는 연습을 해 보기로 하자.

예문1. 어떤 언어가 있을 때 그 언어를 어린이의 이미지로 조각해 보면(有形體)

어떤 언어	어린이의 이미지로 조각
태양	태양은 옷이 없는 벌거벗은 어린이
귀신	애기 귀신이 사람한테 놀라 쫓겨 간다
올챙이	개구리 꿈을 꾸며 살아가는 올챙이 어린이
구름	유치원 가는 구름
낙엽	바람과 소꿉노는 낙엽 아이들

예문2. 어떤 언어가 있을 때 그 언어를 여자의 이미지로 조각해 보면

어떤 언어	여자의 이미지로 조각
가난	가난이란 글자는 본래 날씬한 여자에게 태어났다
지렁이	부드러운 여자의 살결
소나무	솔 향기는 여자의 입술 향기
봄	봄 햇살은 여자의 체온
바람	바람은 여자의 숨결

예문3. 어떤 언어가 있을 때 그 언어를 도깨비 이미지로 조각해 보면

어떤 언어	도깨비의 이미지로 조각
유리	얼굴을 길게도 짧게도 보여주는 유리
반딧불	번쩍이며 돌아가는 불은 도깨비 춤
신발	등산 중에 신발은 도깨비 춤을 춘다
얼음	물을 얼음으로 만드는 건 도깨비 요술
연필	언어로 춤을 추는 도깨비 장난

예문4. 어떤 언어가 있을 때 그 언어를 의사 이미지로 조각해 보면

어떤 언어	의사의 이미지로 조각
별	얼굴이 파랗게 질린 별 하나가 병원으로 간다
연기	방구들 내시경을 끝내고 굴뚝으로 떠나는 너
바다	바다라는 침대에 섬 환자가 누워 있다
새	의료카드를 물고 고개 넘어 병원으로 날아간다
시계	병원에서 못 고치는 병 내가 시간으로 고쳐준다

예문5. 어떤 언어가 있을 때 그 언어를 선생님의 이미지로 조각해 보면

어떤 언어	선생님의 이미지로 조각
안경	안경이 가르치는 대로 눈이 따라가고 있다
칼	칼이 내리는 결단은 선생님의 결단이다
달	달이 강의를 하고 있는 밤
가로등	이리 가라 저리 가라 가르치고 있는 가로등
바위	요지부동을 가르쳐 주는 바위

이런 식의 훈련 연습에 숙달이 되면 그 어떤 작품에
다 어떤 언어를 갖다 놓아도 능숙하게 작품을 빚어 낼
수 있을 것으로 본다. 그러나 이상의 예문으로는 역시
부족할 것 같아 다시 복습으로 들어가 보자.

예문6. 어떤 언어가 있을 때 그 언어를 술의 이미지로 조각해 보면

어떤 언어	술의 이미지로 조각
강	산 항아리가 쏟아낸 강물은 지구가 만든 술
파리	술상에 앉은 파리 나도 한잔 달라 한다
비	구름을 숙성시켜 걸러낸 빗방울 술
인삼	인삼술 한 병
오리	술에 취해 뒤뚱거리는 오리걸음

예문7. 어떤 언어가 있을 때 그 언어를 여름 이미지로 조각해 보면

어떤 언어	여름 이미지로 조각
모자	뜨거운 햇빛을 막아주는 나의 일꾼
선풍기	더위를 난도질해 날려 보내는 너
과일	뜨거운 햇빛을 받아먹고 살이 오르는 너
냉장고	더위를 잡아 가두는 차가운 감옥
햇빛	바위를 태우고 있는 이글거리는 햇빛

예문8. 어떤 언어가 있을 때 그 언어를 세월 이미지로 조각해 보면

어떤 언어	세월 이미지로 조각
달력	24시간 마다 하루를 잡아먹고 사는 너
가을	일 년의 한 평생에 가을은 환갑이고 겨울은 임종이다
노송	추억을 차곡차곡 세월 속에 묻어둔 소나무
곶감	일년의 사연을 숙성시켜 단맛을 뽑아낸 열매
고기	고기 비늘마다 새겨진 세월의 일기

예문9. 어떤 언어가 있을 때 그 언어를 음식 이미지로 조각해 보면

어떤 언어	음식 이미지로 조각
호수	호수라는 국그릇에 구름 야채가 얹혀있다
달	살찐 가을 암탉에 훈제냄새가 난다
도마	빈 도마에 음식들이 아른거린다
할머니	할머니 손을 보면 칼국수 생각
선수	돌멩이도 맛있어 보이는 식성

예문10. 어떤 언어가 있을 때 미친놈의 이미지로 조각해 보면

어떤 언어	미친놈의 이미지로 조각
춤	몸으로 말하고 싶은 미친 짓거리
풍선	바람과 간통하는 지랄병
병원	몸을 찢고 파헤치는 미치광이 장소
마당	마당에서 놀던 햇살이 미쳐 33도까지 뛴다
달빛	달빛이 처마 끝 톱질에 미쳐 정신이 없다

　이상의 어떤 상황에 어떤 언어를 갖다 놓아도 그 상황에 맞추어 그 언어를 재단해 내는 조각 연습을 해 본 것이었는데 그 10개 항의 예문은 대상이 또렷이 보이는 구체적인 언어로 조각연습을 해 보았다.

　이제부터는 그 반대인 대상이 보이지 않는 추상적인 언어로 조각 연습을 해 보기로 한다.

　구체적인 언어를 조각하는 것과 추상적인 언어를 조각해 보는 차이는 어떤 것일까 비교해 보면서 공부해 보자. 전자는 구체적이기에 대상이 설정되어 있어서

　대상 + 연상법 = 이것이지만 후자는

　추상 + 연상법 = 이것이 되기에 좀 더 상상력을 키우는 훈련이 된다.

　그리고 언어의 조각기술은 시인이 지켜야 할 가장 중요한 무기일 수 있고 기술이기에 아무리 연습을 해도 다 할 수 없는 한도 끝도 없는 분야가 된다.

　그러면 구체적인 언어조각은 위의 예문으로 마무리

하고 이젠 추상적인 언어 조각연습을 해 보자.

1. 추상 언어 조각해 보기(無刑體)

예문 : 선행이란 언어가 있을 때 그 언어를 위선자의 이미지로 조각해 보면

어떤 언어	위선자의 이미지로 조각
선행	똥 묻은 꼬리를 감추고 연지 찍은 웃음을 짓는
	간을 꺼내 먹으려고 사탕을 쥐어 준다
	가슴에 칼을 품고 웃어 주는 사람
	왼손으로 엉덩이를 꼬집고 오른손으로 과자를 준다
	까만 마음에 하얀 옷을 입혀 상 타는 사람

2. 추상 언어 조각해 보기

예문 : 선행이란 언어가 있을 때 그 언어를 위선자의 이미지로 조각해 보면

어떤 언어	그리움을 상승 이미지로 조각
그리움	나의 하늘에 떠 있는 그리움의 태양
	사무치는 마음 위에 무지개가 핀다
	그리움이 모여서 작약꽃으로 핀다
	떠나간 생각들이 꿈으로 돌아오는 밤
	그리움이 날아가 추억의 하늘을 열어 놓았다

3. 추상 언어 조각해 보기

**예문 : 사랑이란 언어가 있을 때 그 언어를 하향 이미지로 조각
해 보면**

어떤 언어	사랑을 하향 이미지로 조각
사랑	사랑으로 멍든 가슴을 도려낸다
	그리움은 눈물로, 눈물은 아픔으로
	새 소리만 들어도 잠 안 오는 사랑병
	사랑의 호수에 추억이 투신자살한다
	사랑의 병이 깊어 이젠 사랑이 암이 되었다

4. 추상 언어 조각해 보기

**예문 : 슬픔이란 언어가 있을 때 그 언어를 계몽 이미지로 조각
해 보면**

어떤 언어	슬픔을 계몽 이미지로 조각
슬픔	낭패 속에서 피어난 웃음의 꽃
	아픔의 껍질 속에 웃음의 씨앗이 움트는
	눈물을 받아먹고 성공의 열매가 익는다
	슬픔의 나무 위에 열려있는 희망 열매
	슬픔의 밑거름이 많을수록 성공의 열매는 달다

5. 희망 언어 조각해 보기

예문 : 희망이란 언어가 있을 때 그 언어를 풍자 이미지로 조각해 보면

어떤 언어	희망을 풍자적인 해학 이미지로 조각
희망	흘러간 물로 돌아가는 물레방아
	굴뚝을 틀어막고 불 안 땠다는 사람
	감옥으로 들어갔는데 호텔에서 나오는 저 사람
	비를 맞으면서 해가 떴다고 연설한다
	받아 본 사과 상자 뚜껑을 여니 돈이 되어 있다

6. 죄 언어를 조각해 보기

예문 : 죄라는 언어가 있을 때 그 언어로 상을 받는 이미지로 조각해 보면

어떤 언어	죄로 상을 받는 이미지로 조각
죄	저질러 놓은 죄가 은혜가 되었다
	벌레를 죽인 죄가 풍년으로 돌아왔다
	모든 죄를 뒤집어썼어도 즐거운 마음
	죄 많은 눈물이 행복을 싹 틔운다
	죄는 미워도 사람은 좋아

7. 마음 언어 조각해 보기

**예문 : 미움이란 언어가 있을 때 그 언어를 좋아하는 이미지로
조각해 보면**

어떤 언어	미움을 좋아하는 이미지로 조각
미움	좋은 정은 순간을 가지만 미운 정은 평생을 간다
	미워할수록 그리워지는 너
	너가 밉기 보다는 나 자신이 미워
	눈물을 삼키며 미워하지 않는다
	사랑은 얕은데 미움은 깊어라

8. 탄식 언어 조각해 보기

**예문 : 탄식이란 언어가 있을 때 그 언어를 웃음 이미지로 조각
해 보면**

어떤 언어	탄식을 웃음 이미지로 조각
탄식	휴~ 한숨 끝에 웃음이 나온다
	땅을 치다가 싱겁게 웃는다
	청명하늘 날벼락 맞고도 다행이라며 웃는다
	잿더미 속에서 찾아낸 보석
	떠난 사람 위해 해 주는 기도

9. 행복 언어 조각해 보기

**예문 : 행복이란 언어가 있을 때 그 언어를 불행한 이미지로 조
각해 보면**

어떤 언어	행복을 불행 이미지로 조각
행복	술 항아리가 다 비워졌구나 망할
	파먹던 사랑 이젠 껍질뿐이네
	웃음 속에 숨어 있는 아픔 씨앗
	만나면 헤어질 운명
	배는 불러도 마음은 차워라

10. 노을 언어 조각해 보기

**예문 : 노을이란 언어가 있을 때 그 언어를 천국 이미지로 조각
해 보면**

어떤 언어	노을을 천국 이미지로 조각
노을	저녁노을 속에 꿈들이 뛰어놀고 있다
	태양은 자기 웃음을 구름에 그린다
	저녁노을은 하늘 꽃밭
	하늘 낙엽이 모여 저녁노을로 쌓인다
	저녁노을은 영혼들의 축제

이렇게 시인은 어떤 언어든지 간에 자기 자신의 생각
대로 조각해서 자신의 뜻대로 작품을 빚어내는 달인으

로 능숙해졌을 때 언어의 조각사가 된다.

한문 용어에도 知性의 幻舞(지성의 환무)란 말이 있는데 시적으로 풀이하면 지고지순(至高至純)한 장면을 춤의 가락에 얹어 시의 세계를 보여 주는 것이라고 하면 될 듯하다.

좋은 용어이기에 참고로 기술했으며, 자칫 지성(知性)이란 언어를 잘못 사용하며 학문 쪽으로 갈까도 싶어 잠깐 언급해 본다.

지성을　　　　1. 해석으로 들어가면 학자
　　　　　　　2. 무도(춤)으로 들어가면 시인

예문1. 호수

*육지가 우묵하게 패여 물이 고여 있는 곳　→ 학자
*호수라는 국그릇에 구름야채가 춤춘다　→ 시인

예문2. 그리움

*사모하는 마음　　　　　→ 학자
*그리움의 나무에 무지개 꽃이 핀다　→ 시인

예문3. 미움

*눈에나 귀에 거슬려서 싫다　→ 학자
*떠났어도 사랑하고 있어요　→ 시인

언어의 조각사 이론 연습은 이쯤에서 마무리하고 다음은 작품 연습으로 필자의 졸시로 확인 연습을 해 보자.

그리고 언어의 조각 기술만 가지고는 아직 부족하다.

왜냐하면 대목의 경우 나무만 매끈하게 잘 다듬는다고 위대한 건축이 나오는 것이 아니기 때문이다. 설계의 중요함이 있기 때문이다.

마찬가지로 시인도

우주의 리듬을 탈 줄 알고

자연의 노래를 들을 줄 알고

신의 뜻을 헤아릴 줄 아는 곳 여기가 시인의 마을이 된다. 그곳이 바로 6감각의 마지막인 영감의 세계이다.

이곳에서는 굳게 다문 바위의 입도 활짝 열고 말을 하게 하고, 귀신들도 찾아와 고백을 하게 하고 꽃들도 꿈을 가져와 선사해 주고, 빛깔들도 모여와 춤을 추게 하고, 소리들도 제멋대로 웅변을 하게 하고, 하늘도 가슴을 열고 비밀을 털어놓는 그런 나라에 들어가야 시인이란 칭호를 부여해 줄 수 있다고 필자는 생각하고 있지만 필자 자신도 그 나라에는 가고 싶은데 아직 못 가고 있다.

그러나 애쓴 흔적을 다음의 예문으로 제시해 보면

예문1. 산골 풍경 113.

① 소재 → 반달

② 조각 → 반달을 누나로 조각

③ 묘사 → 누나 이미지(연상법)

④ 완성 → 발표 작품

동산 위에

반달로 뜬 저 여자는

누님의 얼굴

산골 가득

고인 달빛은

누님의 마음

부끄러움이 많아서

밤에만 찾아오는

저 여자

가녀린 바람인데도

얼굴을 붉힌다

-전문-

예문2. 산골 풍경 123.

① 소재 → 결혼식

② 조각 → 달빛과 도랑물을 부부로 조각

③ 묘사 → 결혼식 풍경(연상법)

④ 완성 → 발표 작품

해 맑은 달빛이
도랑물과 몸을 섞어
결혼식을 치르는 밤

바다 속 고기들이
기별을 듣고
축의금을 물고 와
파문 따라 춤을 추고
산새들도 잠을 설치고
꽃다발을 들고 와
덤불 위에서 축가를 부르는 밤

나는 불청객으로
자연의 결혼식을
훔쳐보고 있다
                    −전문−

예문3. 산골 풍경 134.

① 소재 → 상상의 여인
② 조각 → 여인을 산나리로 조각
③ 묘사 → 활동 무대를 육지에서 달로 옮김(연상법)
④ 완성 → 발표 작품

보름달 8번지에
모래성 쌓아 놓고

산나리로 피어서
웃고 있는 저 여인은

추억의 강가에
그리움을 심어 놓고
보름달로 이사 가서
혼자 사는 그 여인

-전문-

예문4. 산골 풍경 135.

① 소재 → 바위
② 조각 → 바위를 시인으로 조각
③ 묘사 → 행동 관찰(연상법)
④ 완성 → 발표 작품

비가 오나
눈이 오나
웃지 않고
울지 않고
고요히 사색하며
침묵하는 저 바위는
욕심을 도려낸
무소유의 시인

-전문-

예문5. 산골 풍경 220.

① 소재 → 눈물

② 조각 → 보름달을 어머니로 조각

③ 묘사 → 사연(연상법)

④ 완성 → 발표 작품

언제나 날 더러

울지 말고 웃으라던

보름달 두 눈에

눈물이 뚝뚝 떨어지네요.

외동딸이

은하강에 피서 갔다가

물에 빠져 죽어서

우는 거래요

걱정 없고 근심 없는

그런 세상 없다면서

태어나서 처음으로

우는 거래요

-전문-

이상의 졸시 5편으로 언어 조각 연습을 마무리하기로 한다.

12. 의인화(인간화)

의인화라 하면 모든 사물 즉 시의 대상을 사람처럼 생각하라는 말인데 그렇다면 어떻게 사람으로 대신할 수 있을까 하는 의문이 제기되는데 그것은 어떤 대상을 설정했을 때 내가 하고 싶은 이야기를 내가 하지 말고 그 대상으로 나 대신 말하게 하는 것 다시 말해 내가 하고 싶은 말을 내가 못하도록 내 입을 반창고로 아주 봉해버리고 내 입을 그 대상에게 빌려주어 내 생각을 그 대상이 대신 말하도록 하는 것이 의인화이다.

이럴 때에 주관이 없어지고 감정이 끼어들지 못하게 된다.

그러면 바람을 의인화로 해 보자.

① 바람을 까부는 사람으로 의인화 했을 때
   초랭이 바람은 불씨를 날려 집을 태운다
② 따뜻한 바람을 의인화 했을 때
   엄마 바람은 농부 이마에 땀을 닦아준다
③ 여린 바람을 의인화 했을 때
   아기 바람이 채송화 꽃잎 위에서 춤을 춘다

다음은 나무를 의인화 해 보자.

① 나무는 하늘 달력에 적어 둔
   자기 생일날을 기다리고 있다
② 나무는 씨앗으로 날아가 살고 있는
   자기 아들을 찾아 달라 한다
③ 여자 은행나무를 보며
   연애편지를 쓰고 있는 남자 은행나무

그러면 작품으로 의인화 했을 땐 어떤 것이 될까.

예문1. (갓 피어난 꽃을 갓 태어난 아기로 의인화)

새재 산수유

나비 날개바람에
구름이 쫓겨 가는 곳
금방 벌린 노란 입으로
햇살을 쪼아 먹는
문경새재 산수유 꽃
아직
태몽 꿈에 젖어 있나 보다

내 손이 닿아도 감각도 모르고
내 눈길을 보고도 느낌이 없이
햇살만 움켜쥐고 빨아 먹는

문경 새재 산수유 아기 산수유

-전문-

예문2. (살구꽃을 의인화)

산골 풍경 103.

봄 햇살로 아삭아삭
점심을 먹더니
나비를 물러 들여
젖을 물리는 살구꽃

젖을 먹인 나비 날개에
봄소식을 얹어서
등 너머로 보내놓고
하냥 웃는다

-전문-

예문3. (새들을 세뱃돈 달라는 아이로 의인화)

산골 풍경 178.

산 그림자가 마을을 덮어오는 설 날
고향에서 돌리는 발길 앞에

가시덤불 사이로 재주를 넘으며
가지 마세요 울부짖는
산새들의 아우성

새들아
슬픈 이별만큼
추억은 아름다운 것이야
아니란 듯이
고개를 흔드는 녀석
꼬리를 내 젖는 녀석

가속이 붙는 차 안에서의
핸드폰 차임벨 소리
여보세요
세뱃돈 주고 가세요 라는
산새들의 아우성

예문4. (바위를 부부로 의인화)

산골 풍경 185.

천만년 눈길을 주면서
말 한마디 못하고
그리움을 나누면서

손 한번 못 잡는
마주보고 서 있는
저 부부 바위

예문5. (초승달을 어린이로 의인화)

산골 풍경 236.

초승달이 혼자서 마실 가다가
달려드는 먹구름에 깜짝 놀라
포르르 날아와 내 가슴에 숨어서
무서워요 무서워요 떨고 있다

그래 그래 무서운 세상
사람 세계에도 무서움이 있지
가만히 쳐다보며 내 이야기 듣다가
내 품에서 새록새록 잠드는 초승달

이상으로 의인화에 대한 이론은 이쯤에서 마무리 한다.

요약해서
보이는 사물을 형이하학이라 하고
안 보이는 사물을 형이상학이라 한다
차원으로 구분하면

형이하학

1차원	2차원
①나는 밥을 먹는다	①누나와 밥을 먹는다
②목욕을 한다	②친구와 목욕한다
③노래 부른다	③애인과 노래 부른다

형이상학

3차원	4차원
①산새와 밥 먹는다	①귀신과 밥 먹는다
②산그림자와 목욕한다	②산신령과 목욕한다
③허수아비와 노래 부른다	③고요와 노래 부른다

13. 아이러니 시

연상법을 따라 시어를 찾아가다 보면 꼭 궁합이 맞는 장면보다는 반대로 전혀 엉뚱한 장면을 만날 때도 있는데 이렇게 상극과 상극끼리의 언어를 엮어 언어의 조각칼로 다듬어 보면 의외로 신선하고 산뜻한 작품이 탄생하는데 이런 경우를 아이러니라고 한다.

예를 들면

　1. 빙산에 산불이 났다.
　2. 태양 한가운데 만년설 산이 있다.
　3. 나무는 때리는 겨울바람으로 신명나는 노래를 만든다.
　4. 그 남자는 산고의 진통 끝에 첫 아이를 낳았다.
　5. 바다 속에서 저녁연기가 올라온다.

이와 같은 장면을 만날 때도 언어의 조각칼로 작품을 제작해 낼 수 있을 때 대장장이가 쇠를 다루듯 시인이 언어를 다루는 완성된 시인이라고 할 수 있을 것이다.
한번 더 복습해 보면

1. 줄 없는 거문고가 소리 없는 노래를 부른다.
2. 모래에 싹이 틀어 자란나무에 앵두가 열렸다.
3. 물고기가 바위 위에 올라와 기도를 하고 있다.
4. 외박 나온 별 하나가 태양과 뽀뽀를 한다.
5. 악마신랑과 천사신부의 신혼여행

이렇듯 여러 분야에 걸쳐 어떤 경우라도 작품을 빚어 내는데 막힘이 없고 어눌함이 없어 자신 있게 시를 쓰는 훈련 또한 필수과정이라고 할 수 있다.

제 III 부

시의 완성과 미래시

14. 눈을 뜨고 꿈꾸기 (언어로 꿈 그리기)

시인에는 두 종류가 있다.

잘 익은 시인은 우주와 소통하며 아름다운 노래를 부르지만 덜 익은 시인은 일그러진 세상과 소통하며 비판적인 노래를 부른다. 그러나 자기 자신이 잘 익은 시인인지 덜 익은 시인인지를 스스로 느끼기는 어려운 것 같다. 그렇지만 제3자의 눈에는 선명하게 보이므로 자신의 시세계를 점검해 보는 것도 중요하지 않을까 싶다. 제목과는 어긋나는 내용으로 흐른 것 같은데

"시인은 눈을 뜨고 꿈꾸는 사람"

이것은 앞에서도 언급한 것처럼 시인의 기본자세를 마음을 비운 곳에서부터 출발하는 그 곳이 곧 눈을 뜨고 꿈꾸는 곳으로, 글을 모르고, 돈을 모르고, 죄를 모르고, 눈물을 모르는 그곳에 가면 모든 것이 꿈 세계로 보인다.

눈을 뜨고 감아도 이 우주는 한마당 꿈을 모아놓은 풍경인데 그 풍경을 언어로 묘사할 땐 꿈의 그림이 된다.

필자의 꿈은 어떤 것일까?

예문1. 산골 풍경 105. (꿈을 조각한 것)

아내야 나와 봐

무지개에다 그네를 매어 놨어

발 포개고 손 맞잡아

우리

쌍그네 타자

내가 밀면 그대는

별 하나 따서 먹고

그대가 밀면 나는

꿈 한 송이 따서 줄게

아내야 우리 이렇게

구 만년만 살자

무지개 그네 타며 영원히 사는 꿈

예문2. 산골 풍경 144. (꿈을 조각한 것)

봄에는 꿈을 꾸고

여름에는 그림을 그리더니

이 가을에 하얀 웃음을

뿜어내는 구절초 꽃

그 웃음 속에서는

누님이 걸어 나오고

그 향기 위에서는

어머님이 마중 오신다

구절초 꽃 웃음은

소녀적 누님 얼굴

구절초 꽃향기는

영원한 어머님 냄새

구절초 꽃이 된 누님 꿈

예문3. 산골 풍경 157. (꿈을 조각한 것)

여름밤을 수놓은

반딧불이는

청산이 꿈을 꾸는

혼백입니다.

밤하늘에 뛰어노는

파란 눈동자는

너와 나의 혼을 태운

사연이고요

삶과 죽음의

숨바꼭질은

이승과 저승의

구슬치기입니다

청산도 밤하늘도 인생도 꿈

예문4. 산골 풍경 187. (꿈을 조각한 것)

산새가 날아와

그러는데

인생은 불고 가는

바람이 아니라

꿈꾸는 열일곱 살로

움트는 봄이래요

　　　산새와 친구되어 인생 이야기 하는 꿈

예문5. 산골 풍경 195. (꿈을 조각한 것)

찔레꽃이 부르는

하얀 노래는

달빛이 흔들리는

몸짓이고요

연꽃이 눈을 감고

웃는 웃음은

물결이 꿈을 꾸는

그림입니다.

그믐밤을 수놓는

반딧불이는

추억이 뛰어노는

혼불이고요

꿈길에서 찾아오는

어여쁜 나그네는

이 세상 울 너머에 가 사는

딸 아이입니다

　　　꿈속에 핀 찔레꽃, 연꽃, 반딧불 딸아이 꽃

15. 군살 빼기와 살찌우기

글을 쓰다 보면 구절구절마다 아깝고 사랑스러워서 버려야 할 말도 못 버리는 경우를 흔히 볼 수 있는데, 나무로 비유하면 잔가지나 겹치기 가지는 잘라 주어야 좋은 나무가 되듯이 글에도 적당한 몸매 이상으로 군살이 붙으면 과감히 제거해야 한다.

반대로 너무 허약한 체질의 글이라면 살찌우기를 해주어야 한다. 머리와 몸통과 다리 부분의 균형이 어색해 보이면 그 부분을 보완해 주어야 하듯, 시 한편을 놓고 볼 때 시작과, 진행과, 마무리가 적당한 조화로 버무려져 있어야 한다. 사람의 체중을 70kg으로 표준 균형을 삼았을 때 100kg이 나가면 30kg쯤의 군살을 빼버려야 하고, 40kg이 되면 반대로 30kg의 살찌우기를 해야 하듯 글에도 똑같은 이치가 적용된다.

예문1. 군살 빼기 (가지치기)

군살이 붙은 글	군살을 제거한 글
그녀의 초승달 같은 눈썹 토끼 눈 같은 눈동자 천주봉 같은 콧날 앵두 같은 입술 돋아난 반달 같은 자태를 보면 하느님도 가슴이 설렐 거야	그녀의 돋아난 반달 같은 자태를 보면 하느님도 가슴이 설렐 거야

예문2. 군살 빼기 (가지치기)

군살이 붙은 글	군살을 제거한 글
아가야 아가야 눈에 넣어도 아프지 않을 너는 너는 우리집을 환하게 비춰주는 태양이구나	아가야 너는 우리집의 태양

　이와 같이 아름다운 모습을 다 이야기 하고 싶어 손톱 발톱까지 예쁘다고 다 열거해 놓으면 예쁘다는 이미지를 주기 전에 먼저 식상함을 주게 되므로 가장 중심축이 되는 부분만 나타내면 나머지는 일일이 설명하지 않아도 아름다움이 전달된다.

　이와는 반대로 너무 글이 단조로워서 전체의 아름다움이 전달될 수 없는 경우는 허약한 글이 된다.

예문3. 살찌우기 (몸보신)

허약한 글	살찌운 글
감나무에 홍시 하나 있다	새들의 겨울양식으로 할아버지가 남겨 놓은 홍시 하나

예문4. 살찌우기 (몸보신)

허약한 글	살찌운 글
한송이 구름이 간다	하늘 바다에 삶을 찾아 흘러가는 한송이 구름

　이렇게 글에도 보탤 부분과 뺄 부분이 있는 점도 세심하게 점검해야 한다.

16. 난해시(難解詩)

난해시란 글자 그대로 이해하기 어려운 시를 말한다.

이렇게 뼈를 깎는 노력을 다해 만들어 낸 작품이건만 그 작품에서 독자가 작가의 뜻을 찾아내지 못한다면 허무한 결과로 연결된다.

필자의 경우 자신의 난해시를 예문으로 제시해 보면

예문1. 1969년에 발표한 "변심" 중에서
    (총 14행의 글에서 마지막 2행)

① 밝은 달이 돋아 올라 남보기 전에 (변심)
② 검은 구름 내리 덮어 비오기 전에 (자살)

해설
    ①의 경우 또 마음 변하기 전 → 조치를 취해 달라였고
    ②의 경우 자살하기 전 → 마지막 애원이었는데
    그 뜻이 전달 안 된다는 평을 받았다.

예문2. 1970년 작 "만날 고개" 중에서
    (총 18행의 글 중에서 7행, 8행, 9행)

① 잊어버린 다행보담 못 잊는 행복에 겨워 (젊은 추억)

② 이 고개 바위마다 그 모습 새기는데 (일편단심)

③ 북천 가는 바람결에 흰머리가 날린다 (노년이 됨)

해설

①의 못 잊는 마음 → 추억의 아름다움을 역설한 것

②의 그 모습 새김 → 떠오르는 얼굴을 표현한 것

③의 날리는 흰머리 → 일편단심을 표현한 것

이런 본래의 뜻이 전달 안됨

예문3. 1992년에 발표한 "하늘을 내 앞으로 등기해 놓고" 중에서

(총 11행 중에서 1행, 2행, 3행, 4행, 5행, 6행)

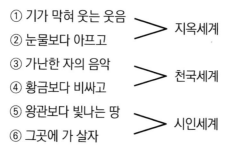

① 기가 막혀 웃는 웃음
② 눈물보다 아프고
> 지옥세계

③ 가난한 자의 음악
④ 황금보다 비싸고
> 천국세계

⑤ 왕관보다 빛나는 땅
⑥ 그곳에 가 살자
> 시인세계

해설

기가 막혀 웃는 웃음 / 눈물보다 아프고 → 지옥인 줄 모르고

가난한 자의 음악 / 황금보다 비싸고 → 천국인 줄
모르고

왕관보다 빛나는 땅 / 그 곳에 가 살자 → 시세계인
줄 모른다. 이래서 걱정을 해 오다가 발표 15년 후 2007
년에 다시 퇴고하여

눈물 세계 그 다음에 (지옥세계)
웃음 세계 그 다음에 (천국세계)
시의 세계 여기에 와 살자 (시의 세계)

이렇게 6행의 시를 3행으로 압축하여 다시 발표했다.

17. 미래시 예측해 보기

미래시를 예측해 본다는 것은 자칫 예언자로 비춰질 수 있는데, 이것은 한국 시의 미래를 예측해 본 것이 아니고 나 자신만의 미래 세계를 예측해 본 것이라는 점을 밝히면서 예문으로 들어가 본다.

예문1. 우주 세계와의 교감

- 메뚜기가 하늘로 날아가 별을 뜯어 먹고 있다
- 바위가 바다 위에서 춤을 추고 있다
- 샛별 마을로 시집 간 동창생 짝꿍
- 노승이 태양을 훔쳐가 캄캄한 정오
- 언어들이 뛰쳐나가 조개구름을 줍고 있다

예문2. 빛깔 세계와의 교감

- 빛깔들이 떠도는 색깔들을 잡아먹고 있다
- 파란 빛깔들이 호수에서 동창회를 열고 있다
- 노란색과 빨간색이 연애를 하고 있다
- 빛깔들이 꿈을 심고 있다
- 까만 빛깔이 하얀 분홍 노래를 부른다.

예문3. 불의 세계와의 교감

- 가출한 불덩이가 얼음 위에서 얼어 죽는다
- 노란 엄마불이 빨간 아기를 낳는다
- 트위스트 춤을 추며 고개를 넘는 산불
- 먹구름 속에 숨어 살던 번갯불이 자살을 하고 있다
- 불덩이들이 모여 시낭송을 하고 있다

예문4. 꿈 세계와의 교감

- 나비가 토끼를 업고 날아간다
- 하늘 구경하던 장승이 무지개 위에 누워 잠이 들었다
- 추억의 비눗방울이 생글거리며 날아간다
- 구름을 오려서 반달을 만든다.
- 아기의 눈동자 속에 하느님이 마실와 놀고 있다.

예문5. 소리 세계와의 교감

- 파란 소리가 날아와 길을 묻는다
- 엄마 잃은 하얀 소리가 울고 있다
- 허공에 날아오는 보름달 노래
- 소리들의 무도회
- 소리를 잡아먹은 바람

예문6. 얼음 세계와의 교감

- 영하의 온도가 물을 죽여 얼음으로 만든다
- 얼음 마을로 놀러 온 햇볕이 오들오들 떤다

- 수많은 꿈들이 얼음 속에 갇혀 있다
- 빙산이 연설을 한다
- 얼음 속은 고요한 천국

예문7. 하늘 세계와의 교감

- 하늘 위에는 꿈들만 살고 있다
- 하늘 대문 앞에 서 있는 망부석
- 하늘 안방에서 밤마다 하나씩 낳는 태양 아기
- 별을 경작하는 하늘 예술가
- 혼백을 구워먹는 하늘 노숙자

예문8. 저승 세계와의 교감

- 해골들이 모여 앉아 수수께끼를 하며 웃는다
- 초등학교 귀신, 학생들
- 왁자지껄한 그믐밤의 귀신들 축제
- 해골들의 합창
- 공동묘지에서 아기를 낳는 귀신

예문9. 바람 세계와의 교감

- 바람 3형제가 산 넘어가고 있다
- 할아버지 바람이 산허리에서 숨을 거둔다
- 갈대 잎으로 점심을 먹는 바람
- 억새 잎을 퉁기며 노래하는 바람
- 술취한 바람이 마을을 뒤 흔든다

예문10. 신의 세계와의 교감

- 환갑 지난 하느님
- 하느님의 손자가 다니는 유치원
- 산신령들의 씨름판
- 선녀들의 하늘 민속춤
- 하늘 국회의 난장판

기존의 시세계를 탈피하여 미래의 시세계는 어떤 황무지를 개척해 나갈 것인가?

이 문제의 해답은 모든 시인들이 저마다의 시세계로 향한 방향이 있겠지만 위의 예문에서 제시한 미래의 시 개척은 이렇게 전개 될 것이라는 것이 필자의 이정표이며 나의 망원경에 잡히는 내일의 시세계가 된다.

요약하여 미래시는

상상의 칼로 언어를 조각하는 언어조각사이고, 나노 기술로 언어요술을 부리는 언어요술사이고, 꿈의 교감으로 언어를 요리하는 언어요리사이다.

따라서 온 세상 만물 우주를 내 손에 쥐고 공깃돌 놀이를 할 줄 알아야 한다.

태양을 톡 튕겨서 달을 맞추고 하느님과 염라대왕을 불러 바둑을 두고, 천둥소리로 밥을 짓고, 무지개를 쪼개서 실을 뽑듯이 이렇게 우주를 손안에 넣고, 마음대로 공깃돌 놀이하는 여기가 미래시, 시인의 무대일 듯 하다.

부록

　필자가 바라본 현재까지의 수많은 한국시 창작론은 거의 비슷한 맥락으로 흘러왔고 흘러가고 있다고 생각한다.

　그 흐름의 큰 방향은 중세 유럽의 시 이론에서 출발하여 지금의 한국명시 인용 등으로 모아지는 형식이 아닐까 싶고, 그래서 필자는 오늘의 한국 현대시는 이미 벌써 시대의 감각을 따라 시는 저만치 앞서가고 있는데 시 창작론은 아직 지나온 시대의 감각에서 탈피하지 못한 채 남루한 그 모습 그대로의 아쉬움 속에 쌓여온 필자의 생각을 정리한 것일 뿐이기에 본인만의 시 창작론이 되고 따라서 기존의 시 이론이나 타인의 작품 인용 등은 전혀 없는 본인만의 시세계이기에 기존의 시 창작론과 비교할 때 행여 혼돈을 주거나 또는 '왜?'라는 궁금증을 주지나 않을까 하는 생각에서 다음과 같은 해설을 곁들인다.

■ 촉감 범위에 포함시켜 사용하지 않은 용어

• 온도감각

• 아픔감각(痛覺)

• 눌림감각(壓覺)

• 유기감각(고도감각)

• 장기감각(초등감각)

■ 의안화의 범위에 포함시켜 사용하지 않은 용어

- 감정오류(感情誤謬)
- 감정이입(感情移入)
- 객관적 상관물(客觀的 相關物)

■ 상상의 범위에 포함시켜 사용하지 않은 용어

- 공상
- 상징(象徵)
- 무의미(無意味)
- 마술력(魔術力)

■ 언어의 조각사에 포함시켜 사용하지 않은 용어

- 언어유희(言語遊戲)
- 언어의 가동성
- 전이(轉移)

■ 기승전결(起承轉結)에 포함시켜 사용하지 않은 용어

- 모티브(발상)
- 시의 원근법(詩의 遠近法)
- 구조(構造)
- 진술(陳述
- 내재율(內在律)

■ 창조성 범위에 포함시켜 사용하지 않은 용어

- 형상화(形象化)
- 구상화(具象化)
- 구체화(具體化)
- 은유
- 환유

■ 과학용어 이미지여서 사용하지 않은 용어

- 형이상학(形而上學) – 무형체
- 형이하학(形而下學) – 유형체

■ 외래어이거나 난해해서 사용하지 않은 용어

- 알레고리 – 원관념을 도와주는 보조관념
- 팬타지 – 근거 없는 환상
- 컨시트 – 기이한 착상
- 모더니즘 – 기계문명
- 꼴라주 – 물질로 보조역할
- 텐션 – 이질적 두요소의 비유
- 센티멘탈리즘 – 감상주의

이 외에도 많은 용어들이 있는데 필자의 경우 시창작에 도움을 주기보다는 어렵고 골치 아픈 기억으로 남아 있으며 시창작에 적절한 용어라기보다는 논문이나 강의에 적합한 용어로 생각되어 사용하지 않았음을 밝히면서 해설을 마무리한다.

이명우의 시 창작법 10차원의 시세계

이명우의 시 창작법 10차원의 시세계	0차원 신의 범주 9차원 신의 범주 8차원 신의 범주 7차원 신의 범주 6차원 신의 범주	신의 시 (神의 詩)
	5차원 상상의 범주	미래시
	4차원 우주의 범주 3차원 세상의 범주	현대시
	2차원 너와의 범주 1차원 나만의 범주	과거시